善品堂藏書

图书在版编目（CIP）数据

宋词精注精译：全 2 册 / 江力注译. —北京：线装书局，2018.7

（国学精注精译精评文库 / 王守常主编）

ISBN 978-7-5120-3313-9

Ⅰ. ①宋… Ⅱ. ①江… Ⅲ. ①宋词—注释 Ⅳ. ① I222.844

中国版本图书馆 CIP 数据核字（2018）第 165087 号

宋词精注精译

注　　译　江　力
责任编辑　赵　鹰
策　　划　善品堂藏书
出版发行　线装书局
　地　址　北京市丰台区方庄日月天地大厦B座一七层
　邮　编　一〇〇〇七八
　电　话　五八〇七六九三八　五八〇七七一二六
　网　址　www.zgxzsj.com
经　　销　新华书店
印　　刷　北京市宏泰印刷有限公司
字　　数　一八九千字
印　　张　五三点七五
版　　次　二〇一八年七月第一版第一次印刷
印　　数　一〇〇〇套
定　　价　四六〇元（一函二册）

线装书局官方微信

国学精注精译精评文库

宋词

精注精译

江力　注译

线装书局

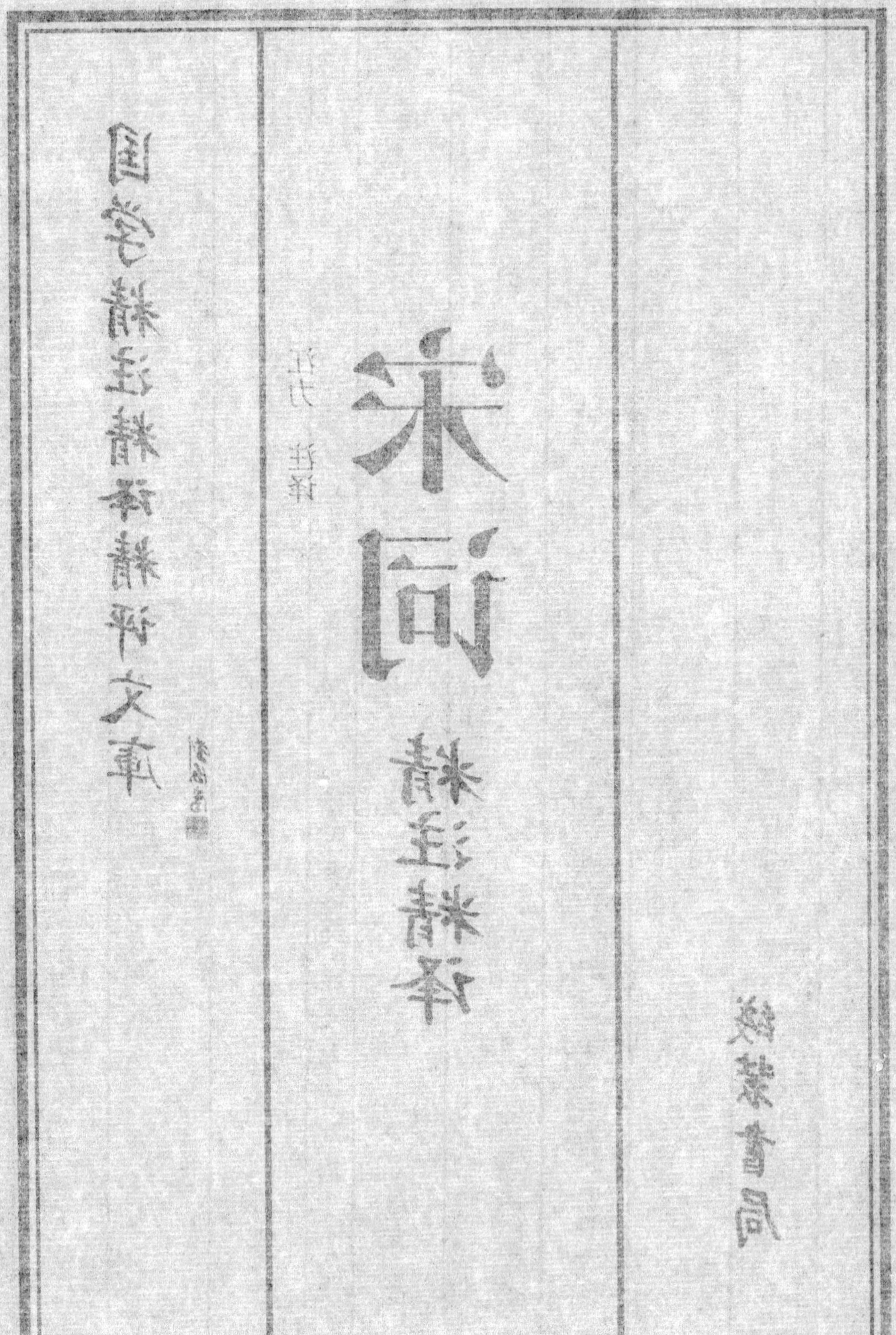

《国学精注精译精评文库》总序

三十年来改革开放，经济的发展，物质财富的快速增长，使越来越多的中国人开始了小康生活。然而，建设中华民族共有的精神家园的任务越来越紧迫，一个古老的人生哲学命题又显现在人们的面前：我从哪里来？到哪里去？如何生活才能幸福？

这是一个人生观和宇宙观问题，也是中华民族在其文化历史进程中的规范认同问题。如『仁者爱人』『天下为公』『吾日三省吾身』『德不孤必有邻』『言必信，行必果』等观念都是中国人注重修养人格的价值来源。基本道德规范是支撑一个社会发展的重要基础。中华民族的一个重要传统就是重视基本道德规范与基本道德秩序，这是当今社会重构价值观念的资源。中华民族在其数千年生活中也融会其他民族智慧并向人类社会提供了有益的价值观念，如『己所不欲，勿施于人』已成为当今世界文明对话的伦理基础。

中华民族数千年来生生不息的精神追求所铸造的思维方法与价值观念是当代中国发展的资源。历

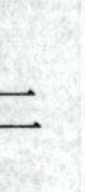

史的昭示：一个民族文化的成长，要大胆向外族文化学习的同时不要忘记本民族的历史文化。『返本开新』应该是我们的文化战略选择。

中华民族几千年璀璨的文明史，积淀了许多为历代中国人所尊崇的奇葩瑰宝。《周易》《老子》《孙子》《论语》《大学》《中庸》《孟子》《楚辞》《坛经》《颜氏家训》《阴符经》《贞观政要》《通书》《近思录》《弟子规》《三字经》《忍经》《菜根谭》《曾国藩家书》等国学经典，都从不同的高度、角度告诉我们应该如何为人、做事，『志士不饮盗泉之水』『廉者不受嗟来之食』『与人为善』『与物为春』『以人为本』『助人为乐』『扶贫济困』等训诫构成了中华传统美德博大精深的完备系统。这些传世文献是弘扬中华民族精神、建设中国人共有的精神家园的珍贵文献。

时下，中国社会出现『国学热』，各种讲国学常识和名家讲国学的读物不难找到。但是，审视历代留下各类注本难易参差，亦有注疏错误，尤其新近翻刻出版的国学书籍还无法满足读者的要求，注译精良、讲解恰当而适合社会各界人士学习的国学精注精译精解类书籍又少之又少。为了适应这一需要，在『善品堂藏书』创始人何德益先生的倡导下，线装书局联合『善品堂藏书』，编辑出版了此套线装本《国学精注精译精评文库》。

《国学精注精译精评文库》总序

三十年来改革开放，经济的发展，物质财富的快速增长，使越来越多的中国人开始了小康生活。然而，建设中华民族共有的精神家园的任务也越来越紧迫。一个古老的人生哲学命题又显现在人们的面前：我从哪里来？到哪里去？如何生活才能幸福？

这是一个人生观和宇宙观问题，也是中华民族在其文化历史进程中的根本问题。由此，"修己安人"、"天下为公"、"言而有信"、"德不孤必有邻"、"己所不欲，勿施于人"等观念都是中国人注重修养人格的价值来源。其基本道德规范是支撑一个社会发展的重要基础。中华民族的一个重要传统就是重视基本道德规范与基本道德秩序。这是当今社会重构价值观念的资源。中华民族在其数千年生活中也融会其他民族智慧并向人类社会提供了有益的价值观念，如"己所不欲，勿施于人"已成为当今世界文明对话的伦理基础。

中华民族数千年来生生不息的精神志向所铸造的思维方式与价值观念是当代中国发展的资源。历史的启示：一个民族文化的成就，要从国际文化学习的同时不要忘记本民族的历史文化。"返本开新"，应该是我们的文化选择。

中华民族几千年积淀的文明史，造就了许多为历代中国人所尊崇的经典名著。《周易》《老子》《孙子》《论语》《大学》《中庸》《孟子》《诗经》《礼记》《颜氏家训》《阴符经》《贞观政要》《[illegible]》《近思录》《弟子规》《三字经》《[illegible]》《菜根谭》《曾国藩家书》等国学经典，都从不同的角度告诉我们应该如何为人、做事。"志士不饮盗泉之水"、"廉者不受嗟来之食"、[illegible]这些经典文献是培育中华民族精神、建设中国人共有的精神家园的必读文献。

当下，中国社会出现"国学热"，各种讲国学常识和介绍国学的书籍不胜枚举。但是，由于[illegible]

《国学精注精译精评文库》由我担任主编，著名学者、北京大学资深教授汤一介先生担任总顾问，中国文化书院学术总支持，陆续推出海内外重要学者的最新评点著作。

因此，这套书祈望质量上乘，集学术性、普及性和收藏性于一体，雅俗共赏，为助力弘扬中华传统文化贡献绵薄之力。希望该文库对有缘人能有所启迪和帮助。是为序。

王守常

（中国文化书院院长、北京大学教授）

二〇一四年元月

前言

词，诗歌的一种，萌芽于南朝，是隋唐时期兴起的一种新的文学样式，经过长期发展，到了宋代，进入词的全盛时期。配以曲调演唱的诗文是词的最初形式，每首词都有一个调名，称『词牌』。宋词又有曲、杂曲、曲子词、乐府、琴趣、乐章、长短句等称谓。宋代文人对填词作曲的偏爱，极大地推动了词的发展，使其成为继唐诗之后又一极具影响力的文学体裁。

词起源于民间，草创阶段，题材广泛，内容丰富，尽管在格律上不够严谨，但风格清新，语言质朴。随着词在民间的兴起和流行，这种体式也逐渐吸引了一些文人的注意。北宋初期是词坛发展的重要时期，柳永开创慢词，从形式上开阔了词的可塑性，吸收民间词的营养而风行一时，秦观、周邦彦将婉约词推向高峰；苏轼开拓了词境，扩大了词的题材，使词风由柔靡转向雄壮。在两位出色词人的倡导下，宋词坛一片姹紫嫣红。北宋后期，中原饱受外族侵凌，战乱不断，宋王朝面临内忧外患，此时词坛上出现了悲怆激昂的声音，词人把忧国忧民的情怀写进词中。李清照的词可以看成是由北宋到南宋的过渡。她的词中渗透着对故国之思，作品格调不断提高。南宋中期以后，以辛弃疾为代表的豪放派词人，具有强烈的爱国主义精神，他们汇成一支振奋人心的主流，一直贯穿整个南宋。

宋词是中国古代文苑里一块芬芳绚丽的园地。她以姹紫嫣红、千姿百态的丰神，历来与唐诗并称双绝，都代表一代文学之胜。远从《诗经》《楚辞》及《汉魏六朝诗歌》里汲取营养，又为后来的明清戏剧小说输送了有机成分。直到今天，她仍在陶冶着人们的情操，给我们带来很高的艺术享受。

本书取材《宋词三百首》，精选宋代名家名词126人474首，按作者生卒年排序，附有诗人简介、疑难注释和现代译文，以便读者领略宋词之美。由于编者学识所限，疏漏之处，请方家指正。

编者

目录

宋词精注精译

目　录

宋词精注精译

宋词精注精译

目录

目录

赵佶

赵佶（1082—1135），即宋徽宗。靖康二年（1127），被金人俘虏北去，死于五国城（今黑龙江依兰）。他政治上昏庸无能，生活上穷奢极侈，艺术上却多才多艺，书、画、词皆善。有曹元忠辑本《宋徽宗词》。

宴山亭·北行见杏花

裁剪冰绡①，轻叠数重，淡著燕脂匀注②。新样靓妆③，艳溢香融，羞杀蕊珠宫女④。易得凋零⑤，更多少、无情风雨？愁苦！问院落凄凉，几番春暮？　凭寄离恨重重⑥，这双燕何曾，会人言语？天遥地远，万水千山，知它故宫何处？怎不思量，除梦里、有时曾去。无据，和梦也、新来不做⑦。

注释

①冰绡：绡，生丝织成的薄绸。冰绡，洁白的生丝绸。唐王勃《七夕赋》：『引鸳杼兮割冰绡。』②著：『着』的本字。附着、涂上的意思。燕脂：即『胭脂』。③靓妆：以脂粉妆饰。④蕊珠宫：装饰有花蕊珠玉的宫殿，指仙宫。⑤易得：容易。⑥凭寄：寄托。⑦无据：不足依凭，无所依据。新来：近来。

译文

这杏花，就如同用洁白而轻薄的细绢剪成，轻轻地叠起一重又一重。淡淡地涂抹些胭脂红晕。这等新式的装扮，艳丽光彩四溢，醉人芬芳融融，就连天上蕊珠宫的仙女也当自愧不如。只是杏花太容易凋零，美丽容颜总难长久，何况还有多少无情风雨的摧残。想到这些，我不禁内心愁苦，请问这般庭院凄凉、春景逝去，又已经历过多少次了呢？　我想将离别的重重惆怅都寄回故乡，但托付给谁才好呢？翩翩纷飞的春燕，又哪能听懂人的言语，为我捎书？故乡是如此遥远，天地阻隔，万水千山，谁知道旧时的宫阙，究竟会在哪里呢？往昔情景怎能不让我深深怀想啊，但恐怕只有在梦中，才能得以重历吧。这终究也只是虚无缥缈，毫无根据的猜想罢了，因为就连梦，最近我竟然也难以做成了！

钱惟演

钱惟演（962—1034），字希圣，祖籍钱塘（今浙江杭州）。吴越忠懿王钱俶次子，随父降宋，历任直秘阁、知制诰、翰林学士、工部尚书、枢密副使等职。真宗景德年间，他与杨亿、刘筠等文人交游，辑有《西昆酬唱集》。其诗辞彩华丽，文风秀美，颇有晚唐李商隐之遗风，很能代表西昆体的风格。著有《金坡遗事》《玉堂逢辰录》等随笔。

玉楼春

城上风光莺语乱，城下烟波春拍岸。绿杨芳草几时休？泪眼愁肠先已断。　情怀渐觉成衰晚，鸾镜朱颜惊暗换。昔年多病厌芳尊①，今日芳尊唯恐浅。

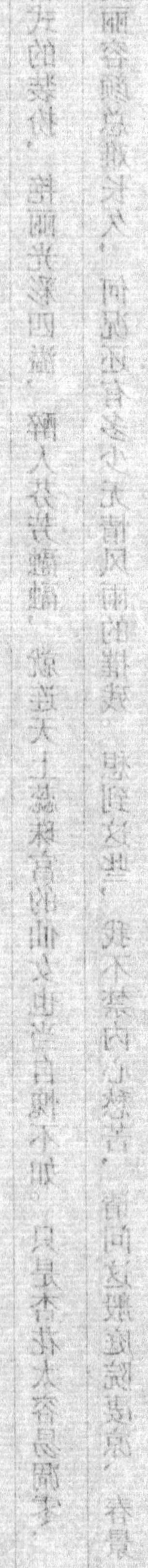

赵佶

赵佶（1082—1135），即宋徽宗。靖康二年（1127），被金人俘虏北去，死于五国城（今黑龙江依兰）。他政治上昏庸无能，生活上穷奢极侈，艺术上却多才多艺，书、画、词皆善。有曹元忠辑本《宋徽宗词》。

宴山亭·北行见杏花

裁剪冰绡①，轻叠数重，淡著燕脂匀注②。新样靓妆③，艳溢香融，羞杀蕊珠宫女④。易得凋零⑤，更多少、无情风雨？愁苦！问院落凄凉，几番春暮？ 凭寄离恨重重⑥，这双燕何曾，会人言语？天遥地远，万水千山，知它故宫何处？怎不思量，除梦里、有时曾去。无据，和梦也、新来不做⑦。

注释

①冰绡：绡，生丝织成的薄绸。冰绡，洁白的生丝绸。唐王勃《七夕赋》：『引鸳杼兮割冰绡。』②著：『着』的本字。附着、涂上的意思。燕脂：即『胭脂』。③靓妆：以脂粉妆饰。④蕊珠宫：装饰有花蕊珠玉的宫殿，指仙宫。⑤易得：容易。⑥凭寄：寄托。⑦无据：不足依凭，无所依据。新来：近来。

译文

这杏花，就如同用洁白而轻薄的细绢剪成，轻轻地叠起一重又一重。淡淡地涂抹些胭脂红晕。这等新式的装扮，艳丽光彩四溢，醉人芬芳融融，就连天上蕊珠宫的仙女也当自愧不如。只是杏花太容易凋零，美丽容颜总难长久，何况还有多少无情风雨的摧残。想到这些，我不禁内心愁苦，请问这般庭院凄凉、春景逝去，又已经历过多少次了呢？ 我想将离别的重重惆怅都寄回故乡，但托付给谁才好呢？翩翩纷飞的春燕，又哪能听懂人的言语，为我捎书？故乡是如此遥远，天地阻隔，万水千山，谁知道旧时的宫阙，究竟会在哪里呢？往昔情景怎能不让我深深怀想啊，但恐怕只有在梦中，才能得以重历吧。这终究也只是虚无缥缈，毫无根据的猜想罢了，因为就连梦，最近我竟然也难以做成了！

钱惟演

钱惟演（962—1034），字希圣，祖籍钱塘（今浙江杭州）。吴越忠懿王钱俶次子，随父降宋，历任直秘阁、知制诰、翰林学士、工部尚书、枢密副使等职。真宗景德年间，他与杨亿、刘筠等文人交游，辑有《西昆酬唱集》。其诗辞彩华丽，文风秀美，颇有晚唐李商隐之遗风，很能代表西昆体的风格。著有《金坡遗事》《玉堂逢辰录》等随笔。

玉楼春

城上风光莺语乱，城下烟波春拍岸。绿杨芳草几时休？泪眼愁肠先已断。 情怀渐觉成衰晚，鸾镜朱颜惊暗换。昔年多病厌芳尊①，今日芳尊唯恐浅。

相互追随同游，无情被阻断。每当登山顶，到水边，总要勾起平素对她的爱与恋，心中不免经历一场消沉与黯淡。这次依然，我终日默默无言，无奈再次走下高楼，步履迟缓。

雨霖铃①

寒蝉凄切②，对长亭晚③，骤雨初歇。都门帐饮无绪④，留恋处，兰舟催发⑤。执手相看泪眼，竟无语凝噎⑥。念去去、千里烟波，暮霭沉沉楚天阔⑦。　多情自古伤离别，更那堪冷落清秋节⑧。今宵酒醒何处⑨？杨柳岸、晓风残月。此去经年⑩，应是良辰好景虚设。便纵有千种风情⑪，更与何人说？

注释　①这首词写与恋人离别时依恋难舍的悲伤情怀。上片写别时，下片悬想别后。景物传神，情态逼真，直而能曲，疏密有致。②寒蝉：寒天的蝉，即秋蝉。③亭：古时大道边供行人休息的亭舍，人们往往在这里送别。有长亭、短亭之分，俗称『十里一长亭，五里一短亭』。④都门：京城大门。⑤兰舟：船的美称。⑥凝噎（yē）：喉咙哽塞，说不出话来。⑦霭（ǎi）：云雾之气。楚天：南天。春秋战国时期，南方属楚。⑧那：同『哪』。堪：受得了。⑨宵：夜。⑩经年：超过一年。意谓时间很久。⑪风情：男女相恋的情怀。

译文　傍晚，一场骤雨刚刚停下，秋蝉悲凉凄厉地叫着，我们来到长亭旁边。都门外设帐宴饮，为我饯行，可是，我没有丝毫兴致；正在难舍难分之际，船家催着开船。我们手握着手，彼此泪眼相看，竟然哽咽得说不出话来。想这次远去，千里万里，烟雾弥漫，水波渺茫；遥望南天，暮云沉沉，辽阔无边。　自古以来多情人就为离别而悲哀，哪里更能经受这清秋时节的冷落萧条景象！今晚酒醉醒来时，我会在什么地方呢？想必是在一处杨柳岸旁，晨风送来阵阵寒意，残月斜挂在天边。这一去时间一定非常长久，这期间的良辰美景哪里有心赏玩？算是白白地被放置了。　即使心里有千万般爱恋的情意，我又能对什么人倾诉呢？

蝶恋花

伫倚危楼风细细，望极春愁，黯黯生天际。草色烟光残照里，无言谁会凭栏意①？拟把疏狂图一醉②，对酒当歌，强乐还无味。衣带渐宽终不悔，为伊消得人憔悴。

注释　①会：理会。②拟把：打算。

译文　伫立高楼倚着栏杆和风细细，极目远望春愁无际内心惆怅。夕阳斜照青草映着烟霞光彩，谁懂得我倚靠栏杆时的思绪？　我想纵情狂饮直到一醉方休，频举酒杯强颜欢笑了无趣味。　纵然衣带渐渐宽松终生不悔，为了她值得我相思而人憔悴。

采莲令

月华收，云淡霜天曙。西征客、此时情苦。翠娥执手送临歧①，轧轧开朱户。千娇面，盈盈伫立②，无言有泪，断肠争忍回顾③？　一叶兰舟，便恁急桨凌波去。贪行色④，岂知离绪，万般方寸⑤，但饮恨，脉脉同谁语⑥？更回首，重城不见，寒江天外，隐隐两三烟树。

注释　①翠娥：指美人。临歧：分别的岔路口。②盈盈：体态轻盈的样子。③争：即『怎』。④行色：出行前的准备。⑤方寸：心；心思、心绪。⑥脉脉：内心情感无法倾吐而沉默貌。

译文　月光消逝云色变淡曙光泛出。西行客子此时此刻最为痛苦。美人紧拉他手一直送到岔口，轻轻地温柔地打开了家中门。她千娇百媚亭亭伫立在那里，没有一句语言只有满脸泪珠，令人肝肠寸断又怎忍心回头？　不忍心登上即将远去的小舟，便急匆匆地随波向远方而去。其他人等只是贪着向前赶路，行路人岂能知我的离情别绪，心如刀割一般只能暗自含恨，脉脉此情又能向谁来倾诉呢？回头望那重重城楼早已不见，江面寒气蒸腾天水相连之处，只隐隐约约看到三两棵树影。

八声甘州

对潇潇暮雨洒江天，一番洗清秋。渐霜风凄紧，关河冷落①，残照当楼。是处红衰翠减，苒苒物华休。唯有长江水，无语东流。　不忍登高临远，望故乡渺邈，归思难收。叹年来踪迹，何事苦淹留？想佳人妆楼颙望②，误几回、天际识归舟。争知我，倚阑干处，正恁凝愁！

注释　①关河：这里指山河。②颙望：即凝望。

译文　看潇潇暮雨洒落江天，一番清洗，洗出一片清秋。渐觉凉风一阵紧似一阵，关山江河全变得肃杀冷落，如血的残阳正斜照高楼。到处是一片残花败叶，一切美好的风物都渐渐萧条。只有那滔滔的长江水，默默无声，匆匆东流。　不忍心登上高楼远眺，怕故乡遥远渺茫，归心更难收住。可叹几年浪迹萍踪漂泊不定，不知为何事在他乡苦苦滞留？想此时佳人定在妆楼凝望，不知她会有多少回误认归舟？她哪会知道我和她一样，身倚栏杆苦苦思念，满怀忧愁。

望海潮

东南形胜，三吴都会①，钱塘自古繁华。烟柳画桥，风帘翠幕，参差十万人家。云树绕堤沙。怒涛卷霜雪，天堑无涯。市列珠玑，户盈罗绮，竞豪奢。　重湖叠巘清嘉②。有三秋桂子，十里荷花。羌管弄晴，菱歌泛夜，嬉嬉钓叟莲娃。千骑拥高牙③。乘醉听箫鼓，吟赏烟霞。异日图将好景，归去凤池夸④。

注释

①三吴：即吴兴、吴郡、会稽三郡，在这里泛指今江苏南部和浙江的部分地区。②重湖：以白堤为界限，西湖分为里湖和外湖，所以也叫重湖。叠巘：指层叠起伏的山峦。③高牙：原来指的是军前的大旗，因为旗杆上装饰了象牙，故称。在这里指高官孙何。④凤池：即朝廷。

译文

杭州地理位置重要，风景优美，是吴兴、吴郡、会稽的都城。这里自古以来就非常繁华，如烟的柳色、彩绘的桥梁、挡风的帘子、翠绿的帷幕，楼阁高高低低，大约有十万户人家。茂密如云的树木环绕着钱塘江堤岸，澎湃的潮水卷起一堆堆雪白的浪花，宽广的江面一望无涯。市面上陈列着琳琅满目的珠宝玉器，家家户户都存满了绫罗绸缎，争相比奢华。西湖映衬着层峦叠嶂的山岭，更显风光秀丽。秋天桂花飘香，夏季十里荷花。晴天吹奏羌笛，夜晚划船采莲唱歌，垂钓的老翁和采莲的姑娘都喜笑颜开。路上牙旗飞扬，千名骑兵簇拥着巡察归来的长官。在微醺中听着箫鼓管弦，吟诗作词，赞赏这美丽的水色山光。他日把这美好的景色描绘出来，回京后向朝中的人们夸耀！

定风波

自春来、惨绿愁红，芳心是事可可。日上花梢，莺穿柳带，犹压香衾卧。暖酥消①，腻云亸②，终日厌厌倦梳裹。无那！恨薄情一去，音书无个。

早知恁么，悔当初、不把雕鞍锁。向鸡窗，只与蛮笺象管，拘束教吟课。镇相随，莫抛躲，针线闲拈伴伊坐。和我③，免使年少光阴虚过。

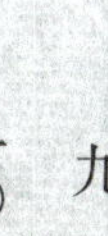

注释

①暖酥：极言女子肌肤之好。②腻云：代指女子的头发。③和：允诺。

译文

自入春以来见红花绿叶全带着愁容，每件事都让我心烦意乱。太阳已升到了花树梢头，黄莺已在柳条间鸣啼穿梭，我仍在香被里躺着。腰身消瘦了，秀发乱蓬蓬的，整天无精打采，懒得把胭脂抹。真无奈，只恨那薄情郎一去之后，从不把书信捎。

早知如此，后悔当初没有把他的马鞍锁住。让他留在书房里，只和彩笺毛笔为伍，吟诗作功课。就这样，他与我日日紧相随，不分开。我手拈针线伴他坐，我们要快快活活长厮守，免得使青春年少的光阴虚度。

浪淘沙慢①

梦觉透窗风一线，寒灯吹息。那堪酒醒②，又闻空阶、夜雨频滴。嗟因循③、久作天涯客④。负佳人、几许盟言⑤，便忍把、从前欢会，陡顿翻成忧戚⑥。

愁极。再三追思，洞房深处⑦，几度饮散歌阑⑧，香暖鸳鸯被。岂暂时疏散⑨，费伊心力⑩！殢云尤雨⑪，有万般千种，相怜相惜⑫。

恰到如今，天长漏永⑬，无端自家疏隔⑭。知何时，却拥秦云态⑮？愿低帏昵枕⑯，轻轻细说与，江乡夜夜，数寒更思忆⑰。

注释

①这首词写对恋人的缠绵思念之情，自责远离，追思前欢，企盼将来的欢会。笔触细腻，曲折缠绵，淋漓尽致。②那堪：哪能忍受。那，同『哪』。③嗟（jiē）：感叹。因循：当改不改，迟疑不决。④天涯：天边，指极偏远的地方。⑤负：辜负。佳人：指所思的情人。几许：多少。⑥陡顿：突然。戚：哀伤。⑦洞房：深邃的内室。多指夫妻的卧室。⑧阑：尽，终了。⑨疏散：疏远，离开。⑩伊：彼，她。⑪殢（tì）云尤雨：指男女缠绵欢会。⑫怜：爱。⑬漏永：指时间长。漏，漏刻，或称刻漏。古代滴水计时器。永，长。⑭无端：无缘无故。⑮秦云态：喻美人纤柔的体态。唐司空图《浙上》诗：『秦云楚雨暗相知。』唐皎然《九日陪颜使君真卿登水楼》诗：『云态拥歌回。』⑯低帷：放下床帐。低，用作动词。昵（nì）：亲昵，亲近。⑰更：旧时夜间计时单位，一夜分五更。这里指报更敲的梆子声。

译文

梦中醒来，一阵冷风从窗缝里吹进，把凄凉的孤灯吹灭了。哪里忍受得了啊，从沉醉中醒来，又听到门外空荡荡的石级上，夜雨不停地滴着，一声声令人心碎。感叹自己总是犹犹豫豫，迟迟不能做出归去的决断，结果长久做了天涯的游子。辜负了情人多少山盟海誓，就这样忍心地把从前欢乐的团聚，突然间变成了远离久别的忧伤和悲哀。

我愁苦到了极点，再三回想当初欢会的情景：在洞房深处，多少次喝罢酒唱完歌，在鸳鸯被里共享温馨。

哪里有短暂的分离，让她花费心力去相思呢？彼此缠缠绵绵，浓云密雨，有数不尽互相爱怜的表示。偏偏到了现在，我独处天涯，感到昼夜是那么漫长，日子是那么难熬，无缘无故莫名其妙地自己远离了她。谁知道什么时候能再拥抱她那纤柔的体态呢？但愿有朝一日我们能放下床帐，依偎枕上，我低低地向她详细诉说，在这江南水乡的每一个夜晚，我都数着寒夜打更的梆子声思念着她。

鹤冲天

黄金榜上，偶失龙头望。明代暂遗贤①，如何向？未遂风云便，争不恣狂荡？何须论得丧。才子词人，自是白衣卿相。

烟花巷陌，依约丹青屏障。幸有意中人，堪寻访。且恁偎红倚翠，风流事，平生畅。青春都一饷。忍把浮名，换了浅斟低唱！

注释

①明代：政治清明的朝代。

译文

在金字题名的榜上，我只不过是偶然失去取得状元的机会。即使在政治清明的时代，君王也会一时错失贤能之才，我今后该怎么办呢？既然没有得到好的际遇，为什么不随心所欲地游乐呢！何必为功名患得患失？做一个风流才子为歌姬谱写辞章，即使身着白衣，也不亚于公卿将相。

在歌姬居住的街巷里，有摆放着丹青画屏的绣房。幸运的是那里住着我的意中人，值得我细细地追求寻访。与她们依偎，享受这风流

的生活，才是我平生最大的欢乐。青春不过是片刻时间，我宁愿把功名，换成手中浅浅的一杯酒和耳畔低回婉转的歌唱！

少年游

长安古道马迟迟，高柳乱蝉嘶。夕阳鸟外，秋风原上，目断四天垂。 归云一去无踪迹，何处是前期？狎兴生疏①，酒徒萧索，不似少年时。

注释 ①狎兴：狎妓悠游，兴味盎然。

译文 长安古道上马行迟迟，高高的柳树上秋蝉乱啼。夕阳照射下，秋风在原野上劲吹，我举目远望，看见天幕从四方垂下。 归山的云一去杳无踪迹，往日的期待在哪里？冶游饮宴的兴致已衰减，过去的酒友也都零落无几，现在的我已不像以前年轻的时候了。

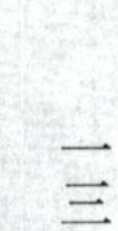

迷神引

一叶扁舟轻帆卷，暂泊楚江南岸。孤城暮角，引胡笳怨。水茫茫，平沙雁，旋惊散。烟敛寒林簇，画屏展。天际遥山小，黛眉浅。 旧赏轻抛，到此成游宦。觉客程劳，年光晚。异乡风物，忍萧索、当愁眼。帝城赊①，秦楼阻，旅魂乱。芳草连空阔，残照满。佳人无消息，断云远。

注释 ①赊：远。

译文 一叶小舟卷起轻帆，暂时停泊在楚江南岸。孤城中响起阵阵角声，又引出胡笳声呜咽哀怨。江水白茫茫，沙滩上栖息的大雁，顷刻间全部被惊散。雾散烟收，一丛丛秋林像画屏一般在眼前铺展。看天边远山是那么细小，就像美人的黛眉一样浅淡。 轻易地离开了心上人，到这里成了游宦。深深感到旅途劳累，一年又到岁晚。不忍看异乡风物，一片萧索，进入眼中又添愁烦。京城是这般遥远，秦楼楚馆也被阻难去，让我心烦意乱。芳草萋萋伸到空阔的天边，夕阳洒满河山，佳人杳无音信，像被风吹走的浮云一样远去不返。

戚氏①

晚秋天，一霎微雨洒庭轩②。槛菊萧疏③，井梧零乱，惹残烟。凄然④，望江关，飞云黯淡夕阳闲⑤。当时宋玉悲感⑥，向此临水与登山⑦。远道迢递⑧，行人凄楚⑨，倦听陇水潺湲⑩。正蝉吟败叶，蛩响衰草⑪，相应喧喧⑫。 孤馆度日如年⑬，风露渐变，悄悄至更阑⑭。长天净，绛河清浅⑮，皓月婵娟⑯。思绵绵，夜永对景⑰，那堪屈指⑱，暗想从前。未名未禄⑲，绮陌红楼⑳，往往经岁迁延㉑。 帝里风光好㉒，当年少日，暮宴朝欢。况有狂明怪侣㉓，遇当歌对酒竞留连㉔。别来迅景如梭㉕，旧游似梦，烟水程何限㉖！念名利、憔悴长萦绊㉗；追往事、空惨愁颜。漏箭移㉘，

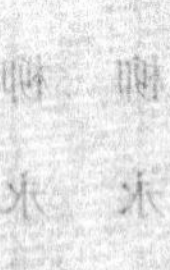
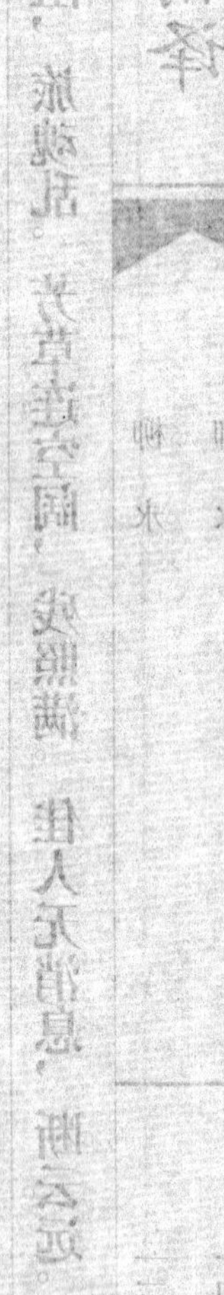

稍觉轻寒；渐呜咽㉙、画角数声残㉚。对闲窗畔㉛，停灯向晓㉜，抱影无眠。

注释 ①这首词写词人因追逐名利而羁旅天涯的哀愁；对『未名未禄』时的自由欢乐生活，则充满眷恋之情。情景浑融，兴象玲珑。抚今追昔，曲折尽情。②一霎（shà）：一瞬间，片刻。庭轩：庭院。轩，庭院四周的回廊。③槛：栏杆。萧疏：冷落，稀少。④井梧：天井院的梧桐。四周房屋中间的院子，古称天井。惹：招引，沾染。⑤黯淡：同『暗淡』。⑥宋玉：战国时期楚国辞赋家，与屈原同时稍晚。代表作《九辩》发端写道：『悲哉，秋之为气也！萧瑟兮草木摇落而变衰。』其悲秋的实质是政治上的失意。⑦此：指今湖北省江陵一带，当时是楚国的政治中心。⑧迢递（tiáo dì）：遥远的样子。⑨凄楚：悲伤。⑩陇水：北朝乐府《陇头歌》：『陇头流水，鸣声呜咽。遥望秦川，心肝断绝。』陇头，即陇山，在今陕西省陇县西北。这里泛指旅途的流水。潺湲（chán yuán）：缓缓流动的样子。⑪蛩（qióng）：蟋蟀。⑫喧喧：悲鸣不止。喧，同『喧』，悲泣。⑬馆：客馆，旅店。⑭更：旧时夜间计时单位，一夜分五更。阑：将尽。⑮绛河：即天河。⑯婵娟：美好的样子。⑰永：长。⑱那：同『哪』。堪：忍受。⑲禄：古代官吏的薪俸。⑳绮陌（mò）：繁华的街道。红楼：指妓馆歌楼。㉑经岁：经历年岁。㉒帝里：皇帝住的地方，指京城。㉓怪侣：性情怪异的伙伴。㉔当：对。留连：留恋不肯离去。㉕景：日光。引申为时光。梭：织机上持纬线的构件，织布时，飞速来往穿行于经线之间。㉖程：路途，旅程。㉗萦（yíng）绊：缠绕，拘系。㉘漏箭：古时计时的装置。上设漏水壶，下设受水壶；受水壶中设浮箭，箭上有刻度。随着水往上升，箭亦上升，显示时间的变化。移：指浮箭上升，时间推移。㉙呜咽（yè）：形容声音的低沉悲哀。㉚画角：古乐器。形如竹筒，本细末大，外加彩饰，因称画角。发声高亢凄厉，军中多用来早晚吹奏报时警众。㉛畔（pàn）：边。㉜停灯：留灯不熄。

译文 晚秋时节，骤然一阵细雨洒湿庭院。花栏里的菊花稀疏零落，天井院的梧桐枝叶零乱，惹来片片轻烟。我心中凄凉，遥望江河关山，夕阳悠然西下，飞云暗淡。当年宋玉在这里登山临水，对秋景而悲叹。我远道而来，路途漫漫，忧伤的游子啊，潺潺流水声早已听得厌倦。眼下，蝉在枯叶中鸣，蟋蟀在衰草中叫，此起彼伏，悲声不断。

住在这孤零零的馆舍里，我真是度日如年。风渐冷，露更寒，无声无息到夜阑。长空明净，银河淡淡，皎洁的月光多美好，令人生爱怜。我不禁思绪绵绵，长夜对美景，暗想从前，虽是悲伤难忍，也还是扳着指头细盘算。那时候，没有功名，没有利禄，游尽了繁华街市、歌楼妓馆，往往越岁经年，一再拖延，不忍回还。

京城的风光不一般。当我年轻时，早早晚晚，歌舞欢宴。何况有一帮狂放的朋友、怪异的伙伴，每遇上弦歌美酒，竞相捧场，流连忘返。自从别后，日月如梭似箭，往日的游乐，宛如梦幻；来日的烟水行程，谁

知还有多远？为念名利，长被憔悴纠缠，追思往事，白白愁坏了好容颜。水漏箭移，时光转换，身上稍觉有轻寒；渐闻画角数声，余音低沉哀怨。在寂静的窗边，我留着灯光，将拂晓企盼；自抱身影，不能入眠。

夜半乐

冻云黯淡天气①，扁舟一叶②，乘兴离江渚③。渡万壑千岩，越溪深处④，怒涛渐息，樵风乍起⑤，更闻商旅相呼⑥。片帆高举，泛画鹢⑦、翩翩过南浦。望中酒旆闪闪⑧，一簇烟村，数行霜树。残日下，渔人鸣榔归去⑨。败荷零落，衰杨掩映。岸边两两三三，浣纱游女，避行客、含羞笑相语。

到此因念，绣阁轻抛，浪萍难驻⑩。叹后约丁宁竟何据？惨离怀，空恨岁晚归期阻。凝泪眼、杳杳神京路，断鸿声远长天暮⑪。

注释 ①冻云：严冬的阴云。②扁（piān）舟：小舟。③江渚（zhǔ）：渚，水中小高地。这里江渚指江岸。④越溪：即若耶溪，又名浣纱溪。这里泛指水流。⑤樵风：好风，顺风。⑥商旅：商人旅客。⑦画鹢：在船头画有鹢鸟图形的船。⑧酒旆（pèi）：酒旗，酒幌子。⑨鸣榔：榔，用以击船舷作声的木棒。⑩浪萍：随波飘逐的浮萍。⑪断鸿：失群孤飞的鸿雁。

译文 严冬的阴云遮蔽着天空，我乘坐着一叶小小扁舟，乘兴离开了沙洲的江岸。越过万道深壑千道

高岩，进入若耶溪幽深的水湾，狂涛渐渐将要平息下去，山风却又突然刮起了来，听到商贾旅客互相呼唤。一片征帆高悬航船浮游、轻轻悠悠地驶过了南岸。 放眼望去远处酒旗晃动，一座烟笼村落霜花斑斑。夕阳残照渔人敲响船舷。枯败的荷花都纷纷零落，晚霞透过杨柳忽掩忽现。岸边两两三三浣纱姑娘，躲避着游客羞涩地笑语。 猛想到轻易地抛弃亲人，像浪游的浮萍难寻立身。可叹约会誓言怎能为据？惨淡啊那些离别的情怀，徒叹又将岁暮归期受阻。泪眼凝神远看京都大路，孤雁远远呼唤长空暮色。

玉蝴蝶

望处雨收云断，凭栏悄悄①，目送秋光。晚景萧疏，堪动宋玉悲凉。水风轻，蘋花渐老②；月露冷、梧叶飘黄。遣情伤，故人何在？烟水茫茫。

难忘，文期酒会③，几孤风月，屡变星霜④。海阔山遥，未知何处是潇湘？念双燕、难凭音信⑤，指暮天、空识归航。黯相望，断鸿声里，立尽斜阳。

注释 ①悄悄：忧愁貌。②蘋：一种多年生浅水草本，夏秋间开小白花，也称白蘋。③文期酒会：约会在一起饮酒做诗文。④几孤句：孤，辜负。风月，清风明月。屡变句：星霜，星指岁星（木星），岁星一年一周转，霜每年遇寒而降，因以星霜指岁月。⑤难凭：难有准信。

译文 我凭栏眺望心中暗自地忧愁，雨停歇云散去我目送着秋光。那傍晚的景色萧条而又疏旷，足令宋玉

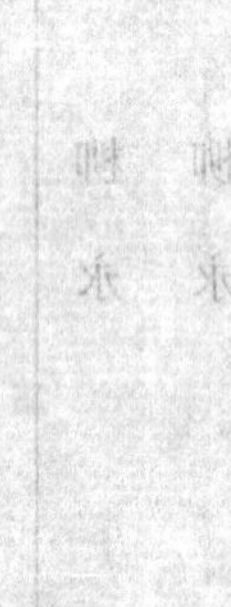

一类文士更加悲凉。水风轻轻吹拂蘋花渐渐枯萎，月光露气变冷桐叶飘落枯黄。情景令人感伤故朋又在何方？眼前所见的只是烟水的茫茫。实在难忘的是一起作诗饮酒，如今辜负风月虚度大好时光。山上小路迢迢海面宽阔广大，真的不知何处才是潇湘之地？想那双飞燕它难以传送远信，暮色苍茫枉自辨认归来桅樯。黯然神伤在孤雁的哀鸣声中，眼睛看着夕阳沉没收了余光。

竹马子

登孤垒荒凉，危亭旷望，静临烟渚。对雌霓挂雨①，雄风拂槛②，微收残暑③。渐觉一叶惊秋④，残蝉噪晚，素商时序⑤。览景想前欢，指神京，非雾非烟深处。　向此成追感，新愁易积，故人难聚。凭高尽日凝伫，赢得消魂无语。极目霁霭霏微⑥，暝鸦零乱⑦，萧索江城暮。南楼画角，又送残阳去。

注释　①雌霓：也写作『雌蜺』，古人称当虹有二环时，内环色彩鲜艳者为雄，名虹，外环色彩暗淡者为雌，名蜺或霓。《楚辞·九章》有『上高岩之峭岸兮，处雌蜺之标颠』句。②雄风：指强劲的风，语出宋玉《风赋》：『故其风中人……清清泠泠，愈病析酲，发明耳目，宁体便人，此所谓大王之雄风也。』③残暑：别本作『烦暑』，因下句便有残字，故此处以『烦暑』为佳。④一叶惊秋：指从一片树叶的掉落，惊觉秋天到来，语出《淮南子·说山训》：『见一叶落而知岁之将暮。』⑤素商：即秋季。按照五行学说，秋色尚白，秋声

为商，故称素商。梁元帝萧绎《纂要》中说：『秋曰白藏，亦曰收成，亦曰三秋、九秋、素秋、素商、高商。』⑥霁霭霏微：霁为雨过天晴，霭为烟雾，故霁霭即晴烟、晴雾，霏微指此晴烟、晴雾弥漫状。⑦暝鸦：暝即日落，暝鸦即是暮鸦，白居易《禁中晓卧，因怀王起居》有『迟迟禁漏尽，悄悄暝鸦喧』句。

译文　我一个人登上烟雾濛濛的江畔小洲旁荒凉孤寂的军垒，在高高的亭子中眺望。所面对的，是细雨中一道黯淡的彩虹，还有强劲的风拂过栏杆，这使烦人的暑意有所收敛。看到一两片落叶飘零，听到寒蝉在晚间鸣叫，使我逐渐惊觉，秋季已经到来了呀。看到这般景致，想起从前的欢娱，我指向都城的方向，都城何在呢？就在那非雾非烟的茫茫深处啊。　昔日欢娱，到今天只剩下追思和感怀，种种新愁很轻易地就涌上心头，而故人却已离散，再难重聚。我整天都在高处伫立凝望，得到的只有黯然销魂、默默无语。极目远眺，只见雨后初晴的万物都笼罩在漫漫烟雾之中，暮鸦纷乱地飞着，这是多么萧索的江城的傍晚啊。南楼上响起了画角，仿佛正在哀伤地送别着夕阳。

范仲淹

范仲淹（989—1052），字希文。其先邠（今陕西彬县）人，后徙苏州吴县（今属江苏）。大中祥符八年（1015）

进士。官至枢密副使、参知政事。仁宗朝曾守西北边境多年。政治上主张革新，主持庆历新政，是当时著名政治家。卒谥文正，诗文皆有名篇，词存五首，内容风格却丰富多样。著有《范文正公集》。

苏幕遮①

碧云天，黄叶地，秋色连波，波上寒烟翠。山映斜阳天接水，芳草无情，更在斜阳外。 黯乡魂②，追旅思，夜夜除非，好梦留人睡。明月楼高休独倚。酒入愁肠，化作相思泪。

注释 ①苏幕遮：唐教坊曲名，后用作词牌，双调六十二字。②黯乡魂：因思念家乡而极度伤心。

译文 蓝天白云，黄叶满地，秋色连着水波，水波上寒烟凄迷。斜阳映照着群山，蓝天与白水连在一起，色彩浑然如一。碧绿的春草无情无义，向远处延伸着，延伸着，直到斜阳之外的天际。 思乡的情怀令我惨惨戚戚，旅居塞外更加深了我的愁思。日日夜夜都寂寞难耐，只有在美好的梦境中苦挨时日。 明月映照之时，千万不要登上高楼凭栏独立，因为徒自望乡而又回归无计。烦闷的酒进入愁肠，全都化作了相思的眼泪。一个人孤苦伶仃，在那里暗自垂涕。这次第，怎能不令人心碎？

渔家傲

**塞下秋来风景异①，衡阳雁去无留意②。四面边声连角起③。千嶂里④，长烟落日孤城闭。 浊

酒一杯家万里⑤，燕然未勒归无计⑥。羌管悠悠霜满地⑦。人不寐，将军白发征夫泪。**

注释 ①塞下：边地的关口，这里指边疆。②衡阳句：衡阳雁，指南归之雁。衡阳，地名，在今湖北省，相传衡阳旧城南有回雁峰，北雁南飞到此即止。③边声：李陵《答苏武书》：『边声四起。晨坐听之，不觉泪下。』这里指边境上各种令人心惊的风沙声，马鸣声，胡笳声。④千嶂：指重叠连绵的山峰。⑤浊酒：杜甫《登高》：『潦倒新停浊酒杯。』浊酒，古人以米酿酒，乳白色，故称之为『浊酒』。⑥燕然：山名，即今蒙古人民共和国境内的杭爱山。《后汉书·窦融列传》记载，窦宪追击北匈奴至此，刻石记功而还。⑦羌管悠悠：声音悠扬的羌人之笛。

译文 塞下的风景秋来格外凄凉，南去衡阳的大雁毫无眷恋。各种声音混着在四面响起。峰峦重叠着逶迤绵延千里，暮霭笼罩紧紧关闭的孤城。请远离家乡的人喝杯浊酒，因战争未止所以归期未定。羌笛悠扬且寒霜布满大地。战士们都因为想家而失眠，白头将军和士兵流下泪水。

御街行

纷纷堕叶飘香砌①。夜寂静，寒声碎。真珠帘卷玉楼空②，天淡银河垂地。年年今夜，月华如练③，长是人千里。 愁肠已断无由醉。酒未到，先成泪。残灯明灭枕头攲④，谙尽孤眠滋味⑤。都来此事⑥，

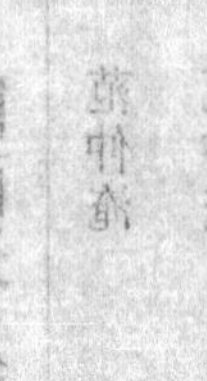

眉间心上，无计相回避。

注释　①砌：台阶。②真珠：即珍珠。玉楼：天帝所居白玉楼，借指华美的楼阁。一说此处本来便是在描绘天上宫阙的景貌。③练：本意为将生丝、麻或布帛煮熟，使其柔软洁白，也指素绢。④攲：别本作『欹』，二字相通，原意是一种易于倾覆的盛水器皿，空时是歪斜的，盛装一半水后变得端正，盛满水即倾覆，此处用其引申意，指斜靠。⑤谙尽：谙意为熟知，此处谙尽指尝尽。⑥都：王闿运《湘绮楼词选》说：『都来，即算来也。因此字宜平，故用都字。』但这其实是宋词中惯用语，并非仅仅为了符合平仄而生改成的。

译文　落叶缤纷，飘散在花草繁茂、清香馥郁的台阶上，夜阑人静，那凄寒的落叶声显得格外清晰。珍珠帘栊已然卷起，华美的楼阁却空无一人。天宇澄净，银河贯穿夜空，仿佛直接大地一般。每年的今夜啊，月光都同样皎洁仿佛素绢，同在月下的亲人啊，却远隔千里之外。　我的愁肠早已寸断，竟然连酒醉都毫无心绪，因为酒还未入愁肠，便早已化作了热泪。孤清的油灯忽明忽暗，我斜靠枕上无法入睡，这种孤枕难眠的滋味，对于我来说，也已经品尝得够多了。想来这种离别之苦，无论眉间眼角，还是方寸内心，都是根本无法回避的呀！

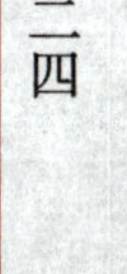

张先

张先（990—1078），字子野，祖籍乌程（今浙江湖州）。仁宗天圣八年（1030）中进士，先后做过宿州掾、吴江知县、嘉禾（今浙江嘉兴）判官。晚年隐居山林。他早期的小令与晏殊齐名，后来的慢词与柳永并称。作品主要抒写当时士大夫的迷醉生活和男女爱情，另外也触及一些都市生活，格调清丽，蓄意深沉。他曾有三句写花月影的佳句，所以又叫『张三影』，有《张子野词》。

千秋岁

数声鶗鴂，又报芳菲歇①。惜春更选残红折，雨轻风色暴，梅子青时节。永丰柳，无人尽日花飞雪。

莫把幺弦拨②，怨极弦能说。天不老，情难绝，心似双丝网，中有千千结。夜过也，东窗未白孤灯灭。

注释　①鶗鴂：亦作『鹈鴂』，鸟名即杜鹃鸟。②幺弦：琵琶的第四根弦，因其最细，亦称危弦。

译文　杜鹃的悲啼预示芳草即将凋谢。因怜惜春光特意采撷几枝残红，细雨轻柔唯独只有风很暴厉，正是在梅子发青时节。可叹永丰的绿柳，整日柳絮飘花似飞雪却无人赏。　请不要再把危弦一次次地弹拨，哀怨到了极端，那危弦也会诉说。天不会老而且这情意也难断绝，心儿像双根的丝缕一般织成网，其中又有多少千千万万的纽结。熬过了这个漫长的春天的夜晚，东窗未见曙光但是那孤灯已灭。

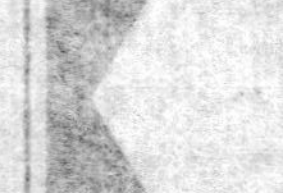

宋词精注精译

张先

张先（990—1078）……

千秋岁

数声鶗鴂，又报芳菲歇。惜春更把残红折。雨轻风色暴，梅子青时节。永丰柳，无人尽日飞花雪。

莫把幺弦拨，怨极弦能说。天不老，情难绝。心似双丝网，中有千千结。夜过也，东窗未白孤灯灭。

菩萨蛮①

哀筝一弄湘江曲②，声声写尽湘波绿。纤指十三弦③，细将幽恨传。

当筵秋水慢④，玉柱斜飞雁⑤。弹到断肠时，春山眉黛低⑥。

注释

①关于这首《菩萨蛮》，现存刻印最早的一部宋词总集《六十名家词》归之为晏几道，后《全宋词》也是晏而非张。《词综》归之于陈师道，李庆甲先生点校时注明：『此词系晏几道作，见《小山词》（朱氏刻本）。』所以现今学界公认此为晏几道作品，朱孝臧此辑本归于张先，是错误的。但为尊重原书，暂不加以调整，关于真实作者的简介，请见下文晏几道选词。②哀筝：指筝声哀怨。汉代侯瑾《筝赋》中称筝声使人『感悲音而增叹，怆嚬悴而怀愁』。一弄：弄即拨弄，一弄是指弹奏一曲。湘江曲：并非实际有一首名为《湘江曲》的曲子。唐朝沈亚之《湘中怨解》记载道：『垂拱中，太学生郑生乘月至洛阳桥，遇一女子，自言为嫂所苦，欲投水。生载归与之同居，号汜人。数年后，汜人自言为「湘君蛟宫之娣」，被谪而从生，今期满，与君相别。后十年，生登岳阳楼，见有画船彩楼，高百余尺，有弹弦鼓吹者，皆神仙蛾眉。其中一人，含嚬凄怨，状类汜人。』此句化用其事，指曲调幽怨，弹者凄绝。③十三弦：指筝弦。唐宋时筝弦十三，后来逐渐增加到十六、十八，直至今天的二十一弦。④秋水：原指目光清澈明亮，如同秋天的水面，白居易《咏筝》诗有『双眸剪秋水，十指剥春葱』句。后可直接指代眼目、目光。⑤斜飞雁：指筝上系弦之柱斜行排列，如同雁行。⑥春山眉黛：《西京杂记》有云『文君姣好，眉争如望远山』，后即以『远山』『春山』来比喻美人的双眉。古人以黛色（青黑色颜料）画眉。故称眉黛。

译文

她拨响音色哀怨的筝，弹奏了如此凄美的一曲，一声声愁绪，仿如碧波荡漾的湘水。她的纤纤玉指，划过十三根筝弦，细腻地传达出内心浓稠的怨恨。

面对宴间宾客，她清澈的目光缓缓流动，筝柱斜列着，仿佛斜行的大雁的行列。当曲调弹响到最哀伤的那一刻，她仿如春山般的两道黛眉，就这样慢慢地低垂了下去。

醉垂鞭①

双蝶绣罗裙，东池宴初相见②。朱粉不深匀，闲花淡淡春。

细看诸处好，人人道柳腰身③。昨日乱山昏，来时衣上云④。

注释

①醉垂鞭：词牌名。双调四十二字。②东池：地名，具体未详。③柳腰：形容女子腰细。白居易有二妾，一名小蛮，一名樊素，诗句有『樱桃樊素口，杨柳小蛮腰』。一般形容女子体形好也常用『杨柳细腰』一词。④衣上云：指衣上的花纹图案。

在东池的酒宴上，是我们初次相见。那时你穿着绣有一对蝴蝶的罗裙，容颜姣好秀色可餐。面庞上

菩萨蛮①

哀筝一弄湘江曲②，声声写尽湘波绿③。纤指十三弦④，细将幽恨传。　当筵秋水慢④，玉柱斜飞雁⑤。弹到断肠时，春山眉黛低⑥。

注释 ①关于词牌《菩萨蛮》，[illegible]《六十名家词》[illegible]《全宋词》[illegible]

[illegible]

[illegible]十六、十八，直至今天的二十一弦。④秋水：原指日光清澈明亮，如同秋天的水面。白居易《筝》诗有"双眸剪秋水，十指剥春葱"也。后可直接指代眼目、目光。⑤斜飞雁：指筝上承弦之柱斜行排列，如同雁行。

⑥春山眉黛：《西京杂记》有"文君姣好，眉色如望远山"。后即以"远山""春山"来比喻美人的双眉。古人以黛（青黑色的颜料）画眉，故称眉黛。

译文 [illegible]

醉垂鞭①

双蝶绣罗裙，东池宴，初相见②。朱粉不深匀，闲花淡淡春。　细看诸处好，人人道，柳腰身③。昨日乱山昏，来时衣上云④。

注释 ①醉垂鞭：词牌名。双调四十二字。②东池：池名，具体未详。③柳腰：形容女子腰细。白居易有二妾，一名小蛮，一名樊素。诗也有"樱桃樊素口，杨柳小蛮腰"。一般形容女子细腰多用"柳腰"一词。④衣上云：指衣上的花纹图案。

译文 在东池的酒宴上，是我们初次相见。[illegible]

的红粉匀得淡淡，仿佛一朵色彩淡雅的鲜花，在春光中显得十分雍容消闲。仔细端详一番，才发觉你处处都是那么惹人爱怜，并非只是那柔细匀称的柳枝般的腰段。衣服上的图案更加美丽，仿佛是黄昏时的群山，朦朦胧胧，上面还缭绕着岚气和云烟。

一丛花①（伤高怀远几时穷）

伤高怀远几时穷？无物似情浓。离愁正引千丝乱，更东陌②，飞絮蒙蒙。嘶骑渐遥，征尘不断，何处认郎踪？　双鸳池沼水溶溶，南北小桡通③。梯横画阁黄昏后，又还是斜月帘栊④。沉恨细思，不如桃杏，犹解嫁东风。

注释　①一丛花：词牌名，双调七十八字。②陌：田间小路，东西称陌。此语泛指道路。③桡：船桨，此代指船。④帘栊：带帘之窗。

译文　登楼远眺，怀念远方的情人，思绪绵绵，难尽难穷。人世间没有什么能像相思之情这样又深又细又长又浓。眼前的千条柳丝随风乱舞，引发我的无限恋情，更何况那东边的大路上，飞絮如雪，迷迷蒙蒙。情人坐骑的嘶鸣之声渐渐遥远，路上征尘不断，我又怎能辨认郎君的行踪？　楼阁之下，一双鸳鸯正在嬉戏，池水溶溶。几条小船来来往往，南北相通。梯子横在画阁的一边，闲置不用，又到了黄昏时节，渐渐地，一轮明月映照着帘栊，孤独寂寥的情绪袭来，令人幽怨无穷。仔细想起来，自己芳龄已过，当无法得到幸福的爱情，尚不如那些桃花杏蕊，还知道及时嫁给骀荡的东风，随着东风飘舞，任凭北南西东。

天仙子

时为嘉禾小倅，以病眠，不赴府会。

水调数声持酒听，午醉醒来愁未醒。送春春去几时回？临晚镜，伤流景，往事后期空记省。　沙上并禽池上暝，云破月来花弄影。重重帘幕密遮灯，风不定，人初静，明日落红应满径。

译文　端着酒杯品听水调乐曲，酒醉午睡醒来愁意未去。送春归去何时再次回来？傍晚独照镜更感伤年华，留待在以后回忆和反省。　水池暗时鸳禽双栖沙滩，云散月出时花枝在摇曳。层层帘幕遮住那盏小灯，风声未定之时人声初静，明天落花定会铺满小径。

青门引

乍暖还轻冷①，风雨晚来方定。庭轩寂寞近清明，残花中酒②，又是去年病。　楼头画角风吹醒③，入夜重门静。那堪更被明月，隔墙送过秋千影。

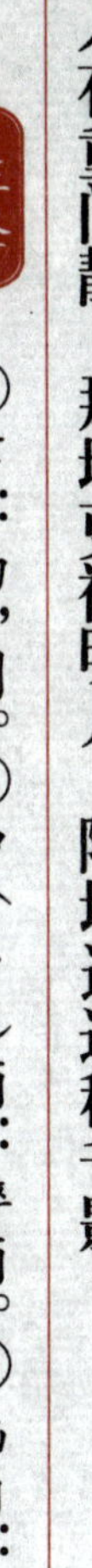

注释　①乍：初，刚。②中（zhòng）酒：醉酒。③画角：古乐器。形如竹筒，本细末大，以竹木或皮为之，

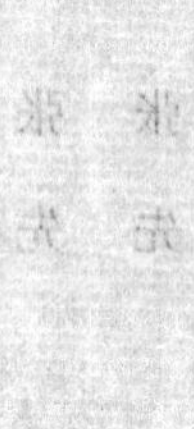

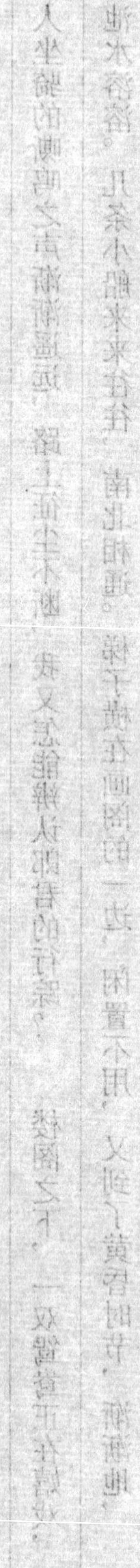

亦有用铜者。因外加彩绘，故称画角。发声哀厉高亢，古时军中多用以警昏晓，振士气。帝王外出，亦用以报警戒严。

刚刚转暖还带着一丝寒意，凄风冷雨到傍晚方才消停。庭院寂寞且时节已近清明，因痛惜残花借酒浇愁直到醉，这又是去年时种下的旧病。楼头画角声和风把我惊醒，夜已深重门闭锁万籁寂静。更哪堪忍受那融融的月光，隔墙有少女荡秋千的倩影。

晏殊

晏殊（991—1055），字同叔，抚州临川（今江西抚州）人。景德二年（1005）以神童召试，赐同进士出身。仁宗时，官至同中书门下平章事兼枢密使。政治上无甚建树，然喜奖掖后进，当时名臣范仲淹、富弼、韩琦、欧阳修等均出其门。卒谥元献，世称晏元献。词风娴雅宛丽，追求气象。有《珠玉词》。

浣溪沙

一曲新词酒一杯，去年天气旧亭台，夕阳西下几时回？　无可奈何花落去，似曾相识燕归来，小园香径独徘徊。

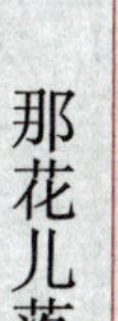

译文　听一支新曲饮一杯酒，还是去年的天气旧日的亭台，西落的夕阳何时再回来？那花儿落去我也无可奈何，那归来的燕子似曾相识，在小园的花径上独自徘徊。

浣溪沙

一向年光有限身①，等闲离别易销魂，酒筵歌席莫辞频②。　满目山河空念远，落花风雨更伤春，不如怜取眼前人。

①一向：一会儿。②莫辞频：不要因为次数多而辞让。

译文　易逝的时光有限的生命，平常的离别也让人断肠伤心，莫要嫌饮宴歌舞频繁不断。放眼山河，徒然怀念远方亲友，看见风雨中落花纷纷更让人伤春，不如赶紧怜爱眼前的亲人。

清平乐①

红笺小字②，说尽平生意③。鸿雁在云鱼在水④，惆怅此情难寄。　斜阳独倚西楼，遥山恰对帘钩。人面不知何处⑤，绿波依旧东流。

①这首词写对远在他乡的所爱女子的思念。书信难寄，倚楼远眺，无限惆怅。清秀雅丽，韵味悠然。②笺（jiān）：特制的精美纸张，用以题诗、写信等。③意：指爱慕、思念的情意。④『鸿雁』句：古代有鸿雁、

[illegible]

【译文】[illegible]

晏殊

晏殊（991—1055），字同叔，抚州临川（今江西抚州）人。景德二年（1005）以神童召试，赐同进士出身。[illegible]有《珠玉词》。

浣溪沙

一曲新词酒一杯，去年天气旧亭台，夕阳西下几时回？　无可奈何花落去，似曾相识燕归来，小园香径独徘徊。

【译文】[illegible]

浣溪沙

一向年光有限身①，等闲离别易销魂，酒筵歌席莫辞频②。　满目山河空念远，落花风雨更伤春，不如怜取眼前人。

【注释】①一向：一会儿。②[illegible]

【译文】[illegible]

清平乐①

红笺小字，说尽平生意②。鸿雁在云鱼在水③，惆怅此情难寄。　斜阳独倚西楼，遥山恰对帘钩。人面不知何处④，绿波依旧东流。

【注释】①[illegible]

鲤鱼传递书信的说法。这里用这两个典故，表达书信难寄的意思。⑤人面：指所爱的女子。唐崔护《题都城南庄》诗：『人面不知何处去，桃花依旧笑东风。』

译文 红色的精美信笺上写满了的小字，说尽了平素对你爱慕的情意。可是，鸿雁飞在云天，鲤鱼游在深水，这番心情难以传递，使我失望而伤悲。

在夕阳的斜照里，我独自倚在西楼窗前，遥望远山，正好对着我身边的帘钩，遮断我的视线。你那美丽动人的面容，不知道现在哪边。我们曾经一起荡舟的小河，依旧东流，绿水潺潺。

清平乐①

金风细细②，叶叶梧桐坠。绿酒初尝人易醉③，一枕小窗浓睡。

紫薇朱槿花残④，斜阳却照栏杆。双燕欲归时节，银屏昨夜微寒⑤。

注释 ①这首词写感伤时光的流逝。秋风、夕阳、叶落、花残，种种物候变化，给词人带来了淡淡的哀愁。但从容娴雅，用笔轻灵，隐隐可见华贵气象。②金风：秋风。古代以阴阳五行解释季节变化，秋属金。③人：作者自指。④紫薇：落叶小乔木，叶卵形，花多紫红色，通称『满堂红』。朱槿：落叶灌木，叶阔卵形，花多为红色，又叫『扶桑』。⑤银屏：装饰华贵的屏风。

译文 秋风轻轻吹来，梧桐叶一片一片坠落。初尝新酿出的绿酒，我很快就喝醉了，在小窗下单枕小床上，沉沉睡去。

一觉醒来，只见紫薇、朱槿的花儿已经枯萎了；快要落山的夕阳，正返照在栏杆上。如今已是成双成对的燕子即将回归南方的时节，昨天夜里我睡在银屏内的床上，已经感到微微的寒意。

木兰花①

燕鸿过后莺归去②，细算浮生千万绪③。长于春梦几多时？散似秋云无觅处④。

闻琴解佩神仙侣⑤，挽断罗衣留不住。劝君莫作独醒人⑥，烂醉花间应有数⑦。

注释 ①这首词写政治上受挫的悲愤。宋仁宗庆历三年（1043），作者任宰相兼最高军事长官，范仲淹、韩琦、富弼等人为副，倡导革新朝政；但皇帝不明，听信谗言，不久即中止改革，范仲淹等人被贬逐，作者也被罢相。词用比兴手法，反映此事，激愤之情，溢于言表。②鸿：大雁。③浮生：浮沤（水面泡沫）般的人生。意谓人生短暂。④觅（mì）：寻找。⑤闻琴：用西汉卓文君事。她听了司马相如的琴声，便以身相许。解佩：用《列仙传》上所记江妃事。江妃游于江汉之滨，逢郑交甫，即解下玉佩相赠。神仙侣：喻政治上志同道合者。⑥独醒人：在政治腐败黑暗的环境中独自保持清醒、不同流合污的人。屈原《渔父》：『举世浑浊我独清，众人皆醉我独醒。』⑦数：气数，命运。

译文 秋气深了，小燕大雁都飞走了，黄莺也归去了；细细算计，这浮沤般的人生真是复杂，千头万绪。可它比起一场春梦，究竟能长多少时光呢？人生亲友的离散，又好像秋云散去一样，没有一定地方可以寻找。像卓文君、江妃那样美好的神仙般的人生伴侣，竟被活活拆散，拉破了她们的罗衣也没能把她们留住。我劝你不要做屈原那样的『独醒人』吧，我们命中注定应该过烂醉花间的日子！

木兰花①

池塘水绿风微暖，记得玉真初见面②。重头歌韵响琤琮③，入破舞腰红乱旋④。 玉钩阑下香阶畔⑤，醉后不知斜日晚。当时共我赏花人⑥，点检如今无一半。

注释 ①这首词追忆往昔的欢乐，感慨流光无情，物是人非，抒写人生幻灭的悲哀。抚今追昔，音情跌宕，极沉郁顿挫之致。②玉真：玉仙，玉女。指歌女。③重头：指词前后阕句式音韵完全相同。琤琮（chēng cóng）：玉的碰击声。④入破：唐宋大曲专用语。大曲每套分散序、中序、破三大段。入破，即破这一段演奏的第一遍。此段节奏紧促，有歌有舞。⑤阑（lán）：门口的横格栅门。畔（pàn）：边侧。⑥花：指『玉真』。

译文 园里池塘泛着碧波，微风送着轻暖；曾记得在这里和那位如玉的美人初次见面。宴席上她唱着前后阕重叠的歌词，歌声如鸣玉一般。接着，她随着入破的急促曲拍，舞动腰肢，红裙飞旋，令人眼花缭乱。如今在这白玉帘钩和栅门下面，散发着落花余香的台阶旁边，我喝得酩酊大醉，不知不觉日已西斜，天色已晚。当时和我一起欣赏美人歌舞的人们，如今查一查，仍然在世的还不到一半。

木兰花①

绿杨芳草长亭路②，年少抛人容易去。楼头残梦五更钟③，花底离愁三月雨。 无情不似多情苦，一寸还成千万缕④。天涯地角有穷时，只有相思无尽处。

注释 ①这首词写一女子对弃她而去的恋人的苦苦思念。巧语写景，意象生动。结尾衬跌，顿挫有力。②长亭：古时设在大道边供行人休息或送别用的亭舍。③楼：指钟楼，击钟报时的处所。④一寸：指心。古人称心为『方寸之地』。千万缕：指情思。

译文 在设有长亭的大道上，绿杨芳草映带两旁，年轻郎君狠心地把我抛弃，毫不留恋地走向远方。楼头五更的钟声，惊醒了我追寻的残梦；暮春三月的细雨，使花下徘徊的我更增添离别的悲伤。 无情人怎似我有情人这般苦痛，一寸心竟化成千丝万缕的愁情。天的边际、地的角落总有穷尽的时候，只有我对郎君的思念永远没有尽头。

踏莎行

祖席离歌①，长亭别宴，香尘已隔犹回面②。居人匹马映林嘶，行人去棹依波转③。画阁魂消，高楼目断，斜阳只送平波远。无穷无尽是离愁，天涯地角寻思遍④。

注释 ①祖席：饯别的宴席。②香尘：芳香之尘，多指因女子之步履而起者。王嘉《拾遗记·晋时事》载石崇『又屑沉水之香如尘末，布象床上，使所爱者践之』，沈佺期《洛阳道》有『行乐归恒晚，香尘扑地遥』句。③棹：船桨，此处指代船。④寻思：思索，考虑。

译文 长亭中设下饯行的酒宴，有人在宴席上唱起离别的歌曲，你逐渐远去，虽然脚下扬起的芳香尘土已将我们隔开，你仍然不时地回头观看，依恋不舍。我的坐骑在林间嘶鸣，看到你的坐船在水波中辗转。登上画阁，黯然销魂，高楼远眺，望断泪眼，看不清你啊，只能见到斜阳护送着平缓的波涛逐渐远去。最无穷无尽、无法消解的只有离愁了，让它带着我的思念，追随着你，去往天涯海角的每一个角落。

踏莎行

小径红稀①，芳郊绿遍，高台树色阴阴见②。春风不解禁杨花③，濛濛乱扑行人面④。翠叶藏莺，朱帘隔燕，炉香静逐游丝转⑤。一场愁梦酒醒时，斜阳却照深深院⑥。

注释 ①红稀：红花凋落稀疏。②阴阴：暗暗。见（xiàn）：显现。③解：知道、懂得。④濛濛：形容细雨沉蒙蒙，此外形容柳絮纷纷如细雨。⑤游丝：蜘蛛、青虫所吐之细丝飘游于空中。⑥却：正。

译文 暮春的小路上残花都稀稀疏疏，芳草把荒郊野外全都给染绿了，高耸楼台在树荫里隐隐显现。春风也不知道约束一下那杨花，吹得飞絮纷纷扑打在行人脸上。 翠绿的叶丛隐藏着啼啭的黄莺，红色的窗帘把燕子隔在了外边，袅袅炉香静静地追逐游丝旋转。做了一场愁梦后到了酒醒时刻，只见斜阳正照着那深深的庭院。

踏莎行①

碧海无波，瑶台有路②，思量便合双飞去③。当时轻别意中人，山长水远知何处？ 绮席凝尘④，香闺掩雾⑤，红笺小字凭谁附⑥？高楼目尽欲黄昏，梧桐叶上潇潇雨⑦。

注释 ①这首词写对当初轻别意中人的悔恨，表达深切的思念之情。上片写悔，下片写思，委曲缠绵。结语以景，饶有余韵。②瑶台：美玉砌成的楼台，为神话传说中神仙的居处。这里喻男女结合的理想境界。③合：该，当。④绮（qǐ）席：华丽的座席。绮，有花纹的丝织品。⑤香闺：女子的卧室。雾：指烟尘。⑥笺（jiān）：供题诗、写信用的精美纸张。附：传寄。⑦潇潇：雨声。

踏莎行

祖席离歌①，长亭别宴，香尘已隔犹回面②。居人匹马映林嘶，行人去棹依波转③。画阁魂消，高楼目断，斜阳只送平波远。无穷无尽是离愁，天涯地角寻思遍④。

【注释】①祖席：饯别的宴席。②香尘：指女子走过时扬起的尘土。晋王嘉《拾遗记·晋时事》载："屑沉水之香如尘末，布象床上，使所爱者践之"句。③棹：船桨。此处指代船。④寻思：思念。

【译文】长亭中设下饯行的酒宴，有人在宴席上唱起离别的歌曲。你渐渐远去，虽然脚下扬起的芳香尘土已将我们隔开，你仍然不时地回头观看。你的马在林间嘶鸣，你的船在水波中摇荡。在画阁中，我黯然神伤；登上高楼，我极目远眺，望眼欲穿也看不清你的身影，只能见到斜阳中那平静的水波渐渐远去。最令人无奈的是只有离愁无穷无尽，它跟随着你，一直到天涯海角的每一个角落。

踏莎行

小径红稀①，芳郊绿遍，高台树色阴阴见②。春风不解禁杨花③，濛濛乱扑行人面④。翠叶藏莺，朱帘隔燕，炉香静逐游丝转⑤。一场愁梦酒醒时，斜阳却照深深院⑥。

【注释】①红稀：花儿稀少。②阴阴见（xiàn）：隐隐显现。③解：懂得。④濛濛：细雨状。⑤游丝：飘荡在空中的蛛丝。⑥却：正。

【译文】暮春的小路上，残花稀疏凋零；芳草萋萋，郊野全部被绿色覆盖了；高台楼阁在树荫里隐约显现。春风也不知道约束一下那些杨花，任凭它们纷纷扬扬，扑打在行人脸上。翠绿的叶丛中隐藏着啼叫的黄莺，红色的帘幕把燕子隔在了外边，炉香静静地追逐着游丝旋转。一场愁梦醒来时，只见斜阳正照着那深深的庭院。

踏莎行①

碧海无波，瑶台有路②。思量便合双飞去③。当时轻别意中人，山长水远知何处。绮席凝尘④，香闺掩雾⑤，红笺小字凭谁附⑥。高楼目尽欲黄昏，梧桐叶上萧萧雨⑦。

【注释】①这首词写的是对离别的意中人的思念之情。上片写离别，下片写思念，委曲缠绵。②瑶台：美玉砌成的楼台，为神话传说中神仙的居处。这里喻男女结合的理想境界。③合：应该。④绮（qǐ）席：华丽的座席。绮，有花纹的丝织品。⑤香闺：女子的卧室。雾：指灰尘。⑥笺（jiān）：信笺，写信用的精美纸张。附：寄。⑦萧萧：雨声。

译文　浅蓝色的海面上风平浪静，海上的仙山瑶台有路可通。思量当初就该比翼双飞，飞到那美丽的仙境。悔不该轻率离开意中人，如今，山长水远，谁知哪里有她的踪影！我们共同坐过的美丽座席，已是灰积尘封；她的芳香卧室，也早已笼罩在烟尘之中。红笺上写满小字，全都是心血凝成，可是谁能为我传寄衷情？我站在高楼上极目远望，日头将落，天色朦胧；梧桐树叶上又响起了潇潇雨声。

蝶恋花①

六曲阑干偎碧树，杨柳风轻，展尽黄金缕②。谁把钿筝移玉柱③，穿帘海燕双飞去④。满眼游丝兼落絮，红杏开时，一霎清明雨。浓睡觉来莺乱语，惊残好梦无寻处⑤。

注释　①蝶恋花：唐教坊曲名，后用为词牌。本名鹊踏枝，晏殊始改今名。双调六十字。②黄金缕：指嫩柳条。③钿筝：用罗钿装饰的筝。④海燕：燕子的别称。古人认为燕子生于南方，渡海而至，故称。⑤浓睡两句：暗用金昌绪《春怨》诗意：『打起黄莺儿，莫教枝上啼。啼时惊妾梦，不得到辽西。』

译文　曲折的栏杆依靠着绿树，金黄色的柳丝轻轻飘拂着在春风中。是谁在拨弄装饰着罗钿的筝柱，弹奏着伤心的乐曲！一对燕子穿过帘幕双双飞去。满天飘拂着游丝和柳絮，红杏正在开花，清明时又下起阵阵急雨。浓睡醒来，只听见黄莺乱啼，啼声惊破了我的美梦，那温馨的梦境再也无法寻觅。

张昇

张昇（992—1077），字杲卿，祖籍韩城（今属陕西）。大中祥符八年（1015）中进士，历任要职，卒于熙宁十年（1077），时年八十六岁，谥号康节。他的词风格雄浑苍凉，《全宋词》收录了两首。

离亭燕

一带江山如画，风物向秋潇洒。水浸碧天何处断？霁色冷光相射。蓼屿荻花洲①，掩映竹篱茅舍。云际客帆高挂，烟外酒旗低亚。多少六朝兴废事，尽入渔樵闲话。怅望倚层楼，寒日无言西下。

注释　①蓼屿：指长满蓼花的高地。

译文　金陵风光美丽如画，秋色明净清爽。碧天与秋水一色，何处是尽头呢？雨后晴朗的天色与秋水闪烁的冷光相辉映。蓼草荻花丛生的小岛上，隐约可见几间竹篱环绕的草舍。江水尽头客船上的帆仿佛高挂在云端，烟雾笼罩的岸边，有低垂的酒旗。那些六朝兴盛和衰亡的往事，如今已成为渔民、樵夫闲谈的话题。在高楼上独自遥望，倍感苍凉，凄冷的太阳默默地向西落下。

杜安世

杜安世，字寿域，祖籍京兆（今陕西西安），生卒年不得而知，大约与晏殊相仿。杜安世长于慢词，也常自己作曲。有词八十余首，集成《寿域词》，内容以爱情、伤春为主，风格哀婉。

卜算子

尊前一曲歌，歌里千重意。才欲歌时泪已流，恨应更、多于泪。试问缘何事？不语如痴醉。我亦情多不忍闻，怕和我、成憔悴。

译文　美酒当前，歌女高唱一曲，歌中有千重含义。在她未歌之前，早已泪流满面，恐怕他心中的苦恨比泪水还多。我试着问她，为何事而如此悲伤？她如痴如醉，沉默不语。我也是个多情人，听不了伤心人说伤心事。唯恐两人同病相怜，共同悲戚。

宋祁

宋祁（998—1061），安州安陆（今属湖北）人。后迁开封雍丘（今河南杞县）。天圣二年（1024）与兄宋庠同时举进士，排名第一。章献太后以为弟不可先兄，乃擢庠第一，而置祁第十，时号大、小宋，并称『二宋』。历官国子监直讲、太常博士、尚书工部员外郎、知制诰、史馆修撰、翰林学士承旨等。卒谥景文。曾与欧阳修同修《新唐书》。

木兰花

东城渐觉风光好，縠皱波纹迎客棹①。绿杨烟外晓云轻，红杏枝头春意闹②。浮生长恨欢娱少，肯爱千金轻一笑③？为君持酒劝斜阳，且向花间留晚照。

注释　①縠（hú）皱波纹句：縠，皱纱。縠皱波纹形容波纹细密如皱纱织纹。②闹：这里意为浓盛。③肯爱：怎肯吝惜。

译文　漫步东城感受到风光越来越好，船儿行驶在波纹皱起的水面上。拂晓的轻寒笼罩着如烟的杨柳，唯见那红艳艳的杏花簇绽枝头。人生总是怨恨苦恼太多欢娱少，谁惜千金却轻视美人迷人一笑？为君手持酒盏劝说金色的斜阳，且为聚会向花间多留一抹晚霞。

叶清臣

叶清臣（1000—1049），字道卿，祖籍乌程（今浙江湖州）。仁宗天圣二年（1024）中进士，官至苏州

观察判官，先后做过光禄寺丞、龙图阁学士、权三同使公事、翰林学士、权三司使等官。卒于皇祐元年（1049），追赠左谏议大夫。《宋史》说他『天资爽迈，遇事敢行』，『为一时名臣』。著有文集一百六十卷，可惜不存。

贺圣朝·留别

满斟绿醑留君住①，莫匆匆归去。三分春色二分愁，更一分风雨。花开花谢，都来几许？且高歌休诉。不知来岁牡丹时，再相逢何处？

注释 ①绿醑：即绿色的美酒。

译文 斟满绿色的美酒，请您再留几日，不要匆匆离去。剩下的三分春色，二分是离愁别绪，一分是凄风苦雨。

年年都见花开花谢，相思之情又有多少呢？就让我们高歌畅饮，不要谈论那伤感之事。明年牡丹盛开的时候，不知我们会在哪里重逢？

梅尧臣

梅尧臣（1002—1060），字圣俞，祖籍宣州宣城（今属安徽），人称梅宛陵。他靠先辈庇荫而做官，官至尚书部员外郎。他以诗名世，主张诗词服务于社会，而不应如『西昆体』那样凄婉晦涩、没有实质内容。

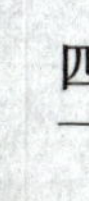

他倡导朴实的文风，在很大程度上影响了宋代诗风的转变，很受陆游等人的支持。其文被辑为《宛陵集》。

苏幕遮·草

露堤平，烟野香。乱碧萋萋，雨后江天晓。独有庾郎年最少。窣地春袍①，嫩色宜相照。 接长亭，迷远道。堪怨王孙，不记归期早。落尽梨花春又了。满地残阳，翠色和烟老。

注释 ①窣地春袍：青色的长袍，其长及地。

译文 堤坝上的绿草含水带露，远处的房屋在如烟春色的掩映下若隐若现。雨后天色变晴，江水开阔，到处都是萋萋的芳草。离乡宦游的才子年少成名，他穿上及地的青色章服，衣服颜色与嫩绿的草色互相映衬，十分相宜。

芳草把路边一个又一个的长亭连接起来，使得远道凄迷。那萋萋的芳草，仿佛是在埋怨宦游的王孙已经忘记了归期。眼看梨花落尽，春天马上又要过去了。日光渐黯，暮霭沉沉，那翠绿的春草也似乎变得苍老了。

欧阳修

欧阳修（1007—1072），字永叔，号醉翁，晚号六一居士。庐陵（今江西吉安）人。天圣八年（1030）进士，

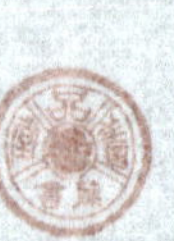

历任知制诰、翰林学士、枢密副使、参知政事等职。卒谥文忠。诗、词、文成就均高，是北宋诗文革新运动领袖。有《新五代史》《欧阳文忠公集》《六一词》《六一诗话》。

采桑子

群芳过后西湖好①，狼藉残红②，飞絮濛濛，垂柳阑干尽日风③。　笙歌散尽游人去④，始觉春空，垂下帘栊，双燕归来细雨中。

注释　①西湖：指颍州西湖，在今安徽阜阳西北方，风景绝佳。②狼藉：也写作「狼籍」，形容纵横散乱之貌。元稹《夜坐》有「孩提万里何时见？狼藉家书卧满床」句。③阑干：即栏杆，或说此指纵横貌，如岑参《白雪歌送武判官归京》有「瀚海阑干百丈冰」句。④笙歌：原指吹笙歌唱，后泛指奏乐歌唱。王维《奉和圣制十五夜然灯继以酬客应制》有「上路笙歌满，春城漏刻长」句。

译文　即便春景逝去，繁花凋谢，西湖依然是这般美好啊，满眼是散乱的残花飘落，还有濛濛的柳絮飞舞，我一整天站立在柳树旁，手扶栏杆，迎接着吹落残花的轻风。　声乐歌舞都已结束，游人也都散去，这才察觉春景已然消逝。我放下帘栊，却见一对燕子正冒着细雨飞回家来了。

诉衷情

清晨帘幕卷轻霜，呵手试梅妆①。都缘自有离恨，故画作远山长②。　思往事，惜流芳③，易成伤。拟歌先敛④，欲笑还颦⑤，最断人肠。

注释　①梅妆：即梅花妆，指在额头上描出五瓣梅花的妆扮。《太平御览·时序部》引《杂五行书》说：「宋武帝女寿阳公主人日卧于含章殿檐下，梅花落公主额上，成五出花，拂之不去……经三日，洗之乃落。宫女奇其异，竞效之，今梅花妆是也。」②画作：此句比词牌格式多一字，或疑此两字中有一字为衍文。远山长：此处指眉形作远山状。葛洪《西京杂记》有「文君姣好，眉色如望远山」句。③流芳：别本作「流光」，都是指逝水年华。④敛：敛容，指表情转为庄重。别本作「咽」。⑤颦：指皱眉，成语「东施效颦」的颦即此意。

译文　清晨卷起帘幕，屋外已铺上轻霜，她呵暖冰冷的手指，尝试着在额头绘出梅花样的装饰。因为心中充满了离恨，所以把眉毛也描画得如同朦胧而细长的远山。　想起往事，惋惜流逝的青春，这真容易伤损衷情啊。她想要歌唱，未及开口先敛容，想要欢笑，却仍然先皱起了眉头。这般表情，更使人愁肠寸断啊！

踏莎行

候馆梅残①，溪桥柳细，草熏风暖摇征辔②。离愁渐远渐无穷，迢迢不断如春水。　寸寸柔肠，

盈盈粉泪③，楼高莫近危栏倚。平芜尽处是春山④，行人更在春山外。

注释 ①候馆：迎宾候客之馆舍，即旅店。②征辔：行人坐骑的缰绳。辔，缰绳。③盈盈：泪水充溢貌。粉泪：泪水流到脸上，与粉妆和在一起。④平芜：平坦开阔的草原。

译文 馆舍庭院里的梅花已经凋残，小溪桥头的柳树，新生的枝条迎风招展。春草散发着清香，春风和煦而又温暖。行人信马由缰，辔头轻轻摇晃，离家也渐渐遥远。我的愁绪越来越浓，如滔滔奔流的春水般无穷无尽，连绵不断。

柔肠寸寸，千绕百转；晶莹的泪珠流过粉妆的双脸。画楼太高，且不要凭倚高栏，因所见到的情景更令人难堪。在平坦开阔的草原的尽处，是充满春意的远山，而那位心上的人，还要在远山的那一边。

蝶恋花

欧阳修

庭院深深深几许？杨柳堆烟，帘幕无重数。玉勒雕鞍游冶处，楼高不见章台路。

雨横风狂三月暮，门掩黄昏，无计留春住。泪眼问花花不语，乱红飞过秋千去①。

注释 ①乱红：落花。

译文 这深深的庭院到底有多幽深？杨柳笼聚着团团不散的烟雾，一重一重的帘幕不能计其数。华贵的车马停在寻欢的地方，登楼看不见歌楼妓馆章台路。

暮春之际降下了狂虐的风雨，即便我掩上屋门不去听风雨，也丝毫没有办法留住那春天。问花知我否花儿却默默不语，凌乱的落花片片飞过秋千去。

蝶恋花

欧阳修

谁道闲情抛弃久①？每到春来，惆怅还依旧。日日花前常病酒②，不辞镜里朱颜瘦。

河畔青芜堤上柳，为问新愁，何事年年有？独立小桥风满袖，平林新月人归后③。

注释 ①闲情：闲散的愁情。②病酒：醉酒。③平林：原野上的丛林。

译文 谁说我已将愁情抛弃许久了？每逢到新春佳节来临的时候，那种惆怅忧伤感觉一如故旧。我天天在花前月下痛饮美酒，宁可酩酊大醉也不惜身体瘦。

河边青草萋萋河堤又见杨柳，我真的想一次次地问问它们，为何我的愁绪一年一年都有？独立在小桥上清风吹拂衣袖，人走后只有丛林的新月伴我。

蝶恋花

几日行云何处去？忘了归来，不道春将暮①。百草千花寒食路②，香车系在谁家树③？

泪眼倚楼频独语，双燕来时，陌上相逢否？撩乱春愁如柳絮，依依梦里无寻处。

注释 ①不道：不觉得，不理睬。②寒食：寒食节，在清明前一两天。③香车：香木所造之车，形容车之华贵。

译文　那个负心的人像行云般飘浮不定，连续几日也不知道他的踪影。他似乎忘了回家，也不管又到了暮春的时令。寒食节的路上百草千花，他乘坐的那辆小车，也不知拴在谁家门口的树茎。　我满眼含泪，倚在高楼上自言自语，更显得孤苦伶仃。暗自问归来的双燕，在路上是否与他相逢？我的心里极乱极乱，像满天飘飞的柳絮，纷乱迷蒙。也不知他究竟在何处，即便是在恍惚迷离的梦境里，也不知道去何处把他找寻。

木兰花

别后不知君远近，触目凄凉多少闷！渐行渐远渐无书，水阔鱼沉何处问①？　夜深风竹敲秋韵②，万叶千声皆是恨。故欹单枕梦中寻，梦又不成灯又烬③。

注释　①鱼沉：古人有鱼雁传书之说。鱼沉，谓无人传信。②秋韵：即秋声。此谓风吹竹子发出之声。③烬：火烧剩余之物，此指灯花。

译文　自从分别后，也不知你去了何方，终日里烦恼愁闷，满目所见到的都是凄凉。你愈走愈远却偏偏愈不来信，山高水长。鱼沉雁落，无法问讯你的近况，怎不令我惦念和恓惶？　深夜里一片寂静，秋风吹动着秋竹，沙沙作响。一叶叶，一声声，都仿佛暗自传恨，不断增添我的感伤。我斜着身子独倚绣枕，想尽快入梦寻找情郎。可神经衰弱，偏偏难以进入梦乡。而那盏油灯偏又结满灯花，如同青绿色的萤火虫一样幽暗无光。

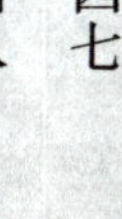

生查子·元夕

去年元夜时，花市灯如昼①。月上柳梢头，人约黄昏后。　今年元夜时，月与灯依旧。不见去年人，泪湿春衫袖。

注释　①花市：形容街市非常繁华。

译文　去年元宵夜时，繁华的街市上，张挂了无数花灯，照得夜晚明亮如白昼。月亮爬上柳树梢时，黄昏之后，与情人相会。　今年元宵夜的月光和花灯，依旧明亮灿烂，可去年相会的人却不见踪影，相思之泪打湿了春衫的衣袖。

浪淘沙

把酒祝东风，且共从容。垂杨紫陌洛城东①，总是当时携手处，游遍芳丛。　聚散苦匆匆，此恨无穷。今年花胜去年红②，可惜明年花更好，知与谁同？

注释　①紫陌：泛指皇城之外的路。②胜：超过。

译文　举起酒杯我向徐来东风祝祷，且一起欣赏这大好的春光吧。沿垂杨飘拂小路直奔洛城东，都是当时

携手春天郊游之处，我们游遍了姹紫嫣红的花丛。　人生苦于聚也匆匆，遗憾也总是那么的无尽无穷。今年的花儿比去年开得红艳，想必明年的花儿一定更娇艳，不知与谁一同享受繁花盛景？

青玉案①

一年春事都来几②？早过了、三之二。绿暗红嫣浑可事③，绿杨庭院，暖风帘幕，有个人憔悴。

买花栽酒长安市④，又争似家山见桃李？不枉东风吹客泪⑤，相思难表，梦魂无据，惟有归来是。

注释　①青玉案：词牌名。本词双调六十八字。②都来：算来。③可事：小事，平常之事。④长安：借指开封汴梁。⑤不枉：不要冤枉，不怪。

译文　又一年春光已过去多少，算来三停已过两停。绿荫浓浓，红花重重，全都是寻常情景。庭院中飘拂垂柳，帘幕里荡漾暖风。有个人正在忧心忡忡、满面愁容。　尽管在长安市里买花载酒，富贵优容，又怎比得上在故乡家中？看见家乡的桃李花开，绿叶衬着粉红，那又是怎样的一种心情？不必怪春风吹得客子落泪，因为思乡的感情太浓太浓。虽然梦魂可以归去，但醒来又觉无用，看来只有回到故乡，才能了却这番痴情。

韩琦

韩琦（1008—1075），字稚圭，自号赣叟，祖籍相州安阳（今属河南）。宋仁宗天圣五年（1027）中进士，担任过太子中允、太常丞、同中书门下平章事、昭文馆大学士等职。卒于熙宁八年（1075），时年六十八岁，谥号『忠献』。韩琦生前声名显赫，与范仲淹并称『韩范』。有《安阳集》五十卷。

点绛唇

病起恹恹，画堂花谢添憔悴。乱红飘砌①，滴尽胭脂泪。

惆怅前春，谁向花前愁？愁无际。武陵回同睇②，人远波空翠。

①砌：台阶。②武陵：即武陵溪，出自陶渊明的《桃花源记》。

大病初起，精神困倦，画堂里落花满地，使我平添了几许愁绪。凋零的花瓣在空中飞舞，坠落到石阶上，如簌簌而落的胭脂泪，让人心碎。　春匆匆而逝，人也别离，与谁在花前共醉？愁绪如海，无边无际。转首回望，人在千里之外，只有碧波依旧浓翠。

转首回望，人在千里之外，只有香泼依旧袭来。

份上，即频频回首的眉眼，让人心碎。　　春色已回，人面何处，已无法再在花前共醉，落花满地，无迹可寻。

大病初愈，精神困倦，画堂里落花满地，使其平添了几许愁绪。离愁的花瓣在空中飞舞，思绪回到往日。

①困：困倦。②武陵：即武陵溪，出自陶渊明的《桃花源记》。

武陵回睇②，人远波空翠。

病起恹恹，画堂花谢添憔悴。乱红飘砌①，滴尽胭脂泪。　惆怅前春，谁向花前醉？愁无际。

点绛唇

谥号"忠献"。韩琦生前为官清廉，尤善诗词，被誉为"韩诗"。有《安阳集》五十卷。

历任太子中允、太常丞，同中书门下平章事，昭文馆大学士等职。熙宁八年（1075），卒年六十八岁，

韩琦（1008—1075），字稚圭，自号赣叟，相州安阳（今属河南）人。宋仁宗天圣五年（1027）中进士，

韩琦

这番离情。

于落叶，因为思乡的感情太浓太浓。虽然梦境可以自己支配，但醒来又觉无用，看来只有回到故乡，才能了却

念。比起得在故乡家中，官职算不了什么，最好是能回故乡的梅李花开，绿叶初春时节，那又是怎样的一种心情？不必怪春风吹得客

乖僻，容易惹起愁思秋风。有个人正在他的心中，满面愁容。　尽管在长安京都里，又花大钱，富贵荣华，又

又一年春光已过去大半，然而归途仍遥，在这繁华的长安，只能仰望远方的家园。

猜不到春来。⑤不在：不要在，不好。

[注释] ①青玉案：词牌名。本词双调六十八字。②都来：算来。③可：小事，小事之事。④长安：指

又争似家山见桃李，不枉东风吹客泪。相思难表，梦魂无据，惟有归来是。

一年春事都来几②？早过了、三之二。绿暗红嫣浑可事③。绿杨庭院，暖风帘幕，有个人憔悴。

青玉案①

天涯。今年的春天又过去大半，花已凋谢，不知在何时，又一回长安来的时节？

满目春花烂漫之外，我们都道不出那落寞惆怅的凄凉；　人生在千里之外的他乡异客，

司马光

司马光（1019—1086），字君实，号迂夫，晚号迂叟，北宋著名政治家、史学家。祖籍陕州夏县（今属山西）涑水乡，人称涑水先生。仁宗宝元元年（1038）中进士，初拜翰林学士、御史中丞。熙宁三年（1070），因反对王安石变法，出知永兴军。次年，判西京御史台，居洛阳十五年，专门从事《资治通鉴》的编撰。《资治通鉴》于 1084 年成书，是中国历史上最著名的编年体通史。哲宗即位，还朝任职。元丰八年（1085），任尚书左仆射兼门下侍郎，主持朝政，排斥新党，废止新法。六十八岁死于相位，赠太师、温国公，谥号『文正』。他的文章、诗词都很出名。

西江月

宝髻松松挽就，铅华淡淡妆成。青烟翠雾罩轻盈，飞絮游丝无定。

相见争如不见，有情何似无情。笙歌散后酒初醒，深院月斜人静。

译文　挽了一个松松的云髻，化上了淡淡的妆容。青烟翠雾般的罗衣，笼罩着她轻盈的身体。她的舞姿就像飞絮和游丝一样，飘忽不定。

此番一见不如不见，多情不如无情。笙歌散后，醉酒初醒，庭院深深，斜月高挂，四处无声。

李师中

李师中（1013—1078），字诚之，祖籍楚丘（今山东曹县），后来迁居到郓（今山东郓城）。年轻时就闻名于世，先后担任过广西刑狱、和州团练副使安置等职。李师中做官清正廉洁，造福民众，虽然多次遭到罢黜，但仍气节不改。著有《李诚子集》，今已不存。词有《菩萨蛮》一首传世。

菩萨蛮

子规啼破城楼月，画船晓载笙歌发。两岸荔枝红，万家烟雨中。

佳人相对泣，泪下罗衣湿。从此信音稀，岭南无雁飞①。

注释　①岭南：指五岭以南的广大地区，包括现在的广东、广西全境，以及湖南、江西等省的部分地区。

译文　在梦中被子归鸟的啼叫唤醒，抬头向窗外望去，城楼上挂着一弯残月，仿佛被子归鸟啼破了似的。我乘着华丽的船就要出发，江水清澈，两岸的荔枝，娇红欲滴；蒙蒙的细雨，笼罩万家。

在别离之时，佳人与我相对而泣，热泪滚滚，打湿了锦衣。此去一别，天各一方，不知何日重逢。岭南偏远，鸿雁难以飞到，想必书信稀少。

韩 缜

韩缜（1019—1097），字玉汝。开封府雍丘县（今河南省杞县）人。仁宗庆历二年（1042）进士。官至尚书右仆射兼中书侍郎（副相）。

凤箫吟①

锁离愁，连绵无际，来时陌上初熏②。绣帏人念远③，暗垂珠露，泣送征轮④。长行长在眼，更重重、远水孤云。但望极楼高，尽日目断王孙⑤。

销魂。池塘别后⑥，曾行处、绿妒轻裙⑦。恁时携素手⑧，乱花飞絮里，缓步香茵⑨。朱颜空自改，向年年、芳意长新。遍绿野、嬉游醉眼，莫负青春。

注释

①这首词借咏草写夫妻惜别之情。妻子泣送丈夫，难舍难分，别后犹极目远望；丈夫也魂销心碎，念念不忘昔日的恩爱，忠贞不渝，企盼将来的团圆。兴象宛然，委曲缠绵。化用典故，浑成无迹。②陌（mò）：这里泛指道路。熏（xūn）：指花草的芳香。江淹《别赋》：『闺中风暖，陌上草熏。』③绣帏人：即闺中人，指妻子。④征轮：远行乘的车子，借指丈夫。⑤王孙：指远行的丈夫。淮南小山《招隐士》：『王孙游兮不归，春草生兮萋萋。』⑥池塘：谢灵运《登池上楼》诗：『池塘生春草，园柳变鸣禽。』⑦裙：指绿色裙子。牛希济《生查子》词：『记得绿罗裙，处处怜芳草。』⑧恁（nèn）时：那时。⑨茵：垫子、褥子、毯子的通称，这里指草地。

译文

送行来时，路上的野草初吐芳香，它们连绵无际，牢笼着离人心头无限的离愁。闺中人挂念远行人，暗暗垂泪，好像草上的露珠，哭泣着送走远行的车子。走啊走啊，挂满露珠的小草，常在游子的眼前闪动，更有那重重叠叠的不尽的流水和片片的浮云。闺中人只是在高楼上极目远望，整日里，目光尽处，不见远行人，只见芳草萋萋。

真是令人心碎啊！自从我们在生满春草的池塘边分手以后，我曾经到过的地方，碧绿的小草都好像嫉妒你穿的轻盈的绿色罗裙。记得那时，我拉着你白嫩的小手，在纷飞的落花和柳絮里，缓缓地走在芳香的草地上。如今，我们那红润的容颜不知不觉渐渐改变了，可是，我们的爱情却像芳草一样，年复一年，芬芳碧绿的情态永远新颖鲜活。但愿将来原野又绿遍的时候，我们能一起在草地上游乐，让眼睛沉醉在无边的芳草里，不要辜负了大好青春。

王安石

王安石（1021—1086）字介甫，晚号半山。抚州临川县（今江西省临川市）人。仁宗庆历二年（1042）进士。神宗时，两度出任宰相，实行变法，进行广泛的改革。但由于主客观的复杂原因，改革没有成功。晚年退居江宁（今

韩缜

韩缜（1019—1097）字玉汝，开封雍丘（今河南杞县）人。庆历二年（1042）进士。官至尚书右仆射兼中书侍郎（宰相）。

凤箫吟①

锁离愁，连绵无际，来时陌上初熏②。绣帏人念远，暗垂珠露，泣送征轮③。长行长在眼，更重重、远水孤云。但望极楼高，尽日目断王孙④。

销魂，池塘别后，曾行处、绿妒轻裙⑤。恁时携素手，乱花飞絮里，缓步香茵⑥。朱颜空自改，向年年、芳意长新。遍绿野，嬉游醉眼，莫负青春。

注释 ①这首词借咏草抒写夫妻惜别之情。[illegible]

[illegible]

这里指草地。

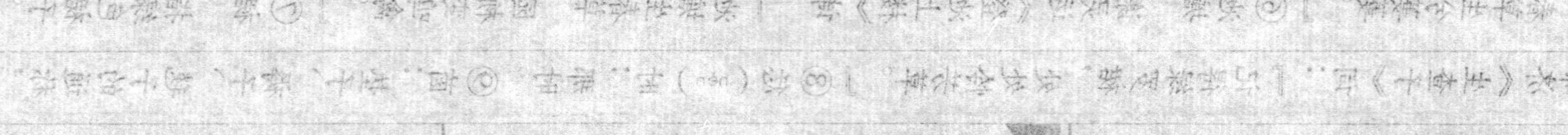

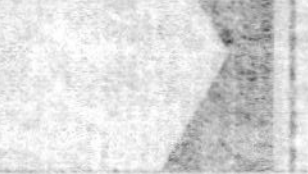

[illegible]

[illegible]

王安石

王安石（1021—1086）字介甫，晚号半山，抚州临川（今江西临川市）人。庆历二年（1042）进士。

[illegible]

江苏省南京市），封荆国公，世称王荆公。有词集《临川先生歌曲》。

桂枝香

登临送目，正故国晚秋①，天气初肃②。千里澄江似练，翠峰如簇③。归帆去棹残阳里，背西风、酒旗斜矗。彩舟云淡，星河鹭起④，画图难足。　念往昔，繁华竞逐。叹门外楼头⑤，悲恨相续。千古凭高，对此漫嗟荣辱⑥。六朝旧事随流水⑦，但寒烟、芳草凝绿。至今商女，时时犹唱，后庭遗曲⑧。

注释　①故国：即故都，这里指江宁（今江苏南京）。②天气初肃：天气转为清肃，语出《礼记·月令》：『孟秋之月……天地初肃。』③如簇：有两解，一指山峰攒簇在一起，二说簇通『镞』，如簇就是如同箭镞一般尖削。④星河：即银河。⑤门外楼头：典出杜牧《台城曲》，有『门外韩擒虎，楼头张丽华』句，指隋将韩擒虎即将通过朱雀门，杀入陈都建康（南京），而陈后主仍与爱妃张丽华在结绮阁上宴饮享乐，完全不管不顾。⑥漫：别本作『谩』，也是通假漫字，指不切实际地、无益地。⑦六朝：指东吴、东晋和宋、齐、梁、陈，这六个王朝全都建都南京（当时名为建业或建康）。⑧至今商女，时时犹唱，后庭遗曲：典出杜牧《泊秦淮》，有『商女不知亡国恨，隔江犹唱后庭花』句。商女指卖唱的歌女，后庭花指陈后主所作《玉树后庭花》，其曲萎靡，被称为『亡国之音』。

译文　我登高临远，极目远眺，这建康故都正当晚秋时节，天气开始变得清冷肃杀。千里长江如此澄澈，仿佛白绢一般，四面青山如此巍峨，又像箭镞密布。扬帆滑桨的船只都被笼罩在夕阳之下，各处挑起的酒旗也在西风吹拂中歪斜着。彩绘的舟船仿佛是行进在淡淡云雾当中，几行白鹭仿佛是飞翔在灿烂银河之上。诸般美景，真是连图画都难以描绘啊！　回想当年，这里的人们竞相奢华，但随即就被敌军攻破，只留下悲哀和悔恨，就如同『门外韩擒虎，楼头张丽华』的诗句。千百年来，后人凭高感怀，空自嗟叹种种兴亡盛衰。六朝往事已如流水般逝去，但只见缕缕寒烟升起，处处衰草苍绿。直到如今，歌女们仍然不时地吟唱着《玉树后庭花》之类的亡国之曲！

千秋岁引①

别馆寒砧，孤城画角，一派秋声入寥廓。东归燕从海上去，南来雁向沙头落。楚台风②，庾楼月③，宛如昨。　无奈被些名利缚，无奈被他情担阁，可惜风流总闲却。当初漫留华表语④，而今误我秦楼约⑤。梦阑时，酒醒后，思量著。

①千秋岁引：词牌名，又名千秋岁令、千秋万岁等。本调属正体，双调八十二字。②楚台风：宋

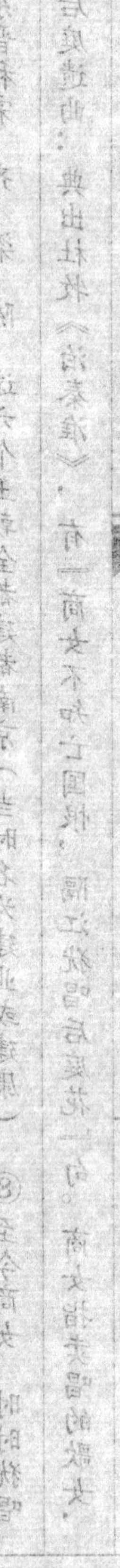

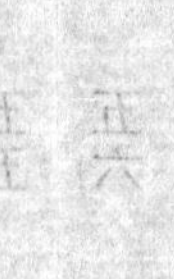

玉《风赋》说，楚王登兰台之宫，忽有风来，楚王敞怀而迎之，曰『快哉此风』。③庾楼月：《晋书·庾亮传》载，庾亮在武昌时，其下属殷浩等人共登南楼望月。俄而庾亮亦登此楼，众人起身要躲开。庾亮让众人不要动，与其一起赏月。④华表语：据《搜神后记》载，辽东人丁令威，到灵虚山学道，后化鹤归来，落在城门华表柱上。有少年不识，举弓欲射，遂在空中盘旋而歌曰：『有鸟有鸟丁令威，去家千年今始归；城郭如故人民非，何不学仙冢累累。』歌毕飞入高空。⑤秦楼：指阁楼，美人所住之所。

译文 在旅店中听到捣衣的砧声，孤城上画角悲鸣，寥廓的清秋季节里，这声音实在令游子心惊。东归的海燕向海上飞去，南来的鸿雁落下沙头的寒汀。令人爽快的楚台之风，赏心悦目的庾楼之月，宛如就是昨天的情景。

无可奈何，被名利所束缚；无可奈何，被各种杂事所耽搁。可惜这种风流美景总是闲却，我却在名利场中枉自奔波。当初徒自像丁令威那样大彻大悟，徒自飞向华表，留下那首傲世的诗歌，而今又耽误了秦楼之约。梦尽之时，酒醒之后，我反复琢磨，细细地思量着，这些到底都是为什么。

章楶

章楶（1027—1102），字质夫，祖籍建州浦城（今属福建）。治平二年（1065）中进士，历任集贤殿修撰、同知枢密院事等职。卒于崇宁元年（1102），初谥庄简，后改谥庄敏。

水龙吟

燕忙莺懒芳残，正堤上、柳花飘坠。轻飞乱舞，点画青林，全无才思。闲趁游丝①，静临深院，日长门闭。傍珠帘散漫，垂垂欲下，依前被、风扶起。 兰帐玉人睡觉，怪春衣、雪沾琼缀。绣床旋满，香球无数，才圆却碎。时见蜂儿，仰粘轻粉，鱼吞池水②。望章台路杳，金鞍游荡，有盈盈泪。

注释 ①游丝：柳条随风舞动，像游动的丝线。②鱼吞池水：鱼儿在水中打闹。

译文 燕子忙着筑巢，黄莺懒于啼唱，百花凋残。此时岸上的柳絮，如白雪般飘坠。它们轻飘杂舞，点缀着树林，仿佛全无才华和情思。它们从游丝上飞下来，悠闲地飘到深深的庭院中。春日渐长，而庭院的门却整天关闭着。柳絮挨着珠箔做的窗帘缓缓散开，想钻到闺房里去，却又一次次被风吹起。

帷帐中的美人才睡醒，惊讶春衣上为何如雪沾琼缀一般。柳絮铺满绣床，逐渐结成无数个带香气的圆球，才滚圆却又破碎。院外飞舞的蜜蜂追逐着轻飞的柳絮，池中的鱼儿扑打着水面。在这暮春时节，思妇望着长安路，想着远方的心上人跨着骏马在章台游玩，眼中涌满盈盈泪水。

王安国

王安国（1030—1076），字平甫，安石之弟。熙宁元年（1068）赐进士出身。历官大理寺丞，集贤校理。王安石罢相后，被借故罢官，放归田里。有《王校理集》，不传。

清平乐

留春不住，费尽莺儿语。满地残红宫锦污①，昨夜南园风雨。 小怜初上琵琶②，晓来思绕天涯。不肯画堂朱户，春风自在杨花③。

注释 ①宫锦：宫中锦绣，此处用以比花。②小怜：即冯小怜，北齐后主的宠妃，这里指代歌女。③杨花：别本作『梨花』，当以杨花为是。

译文 即便费尽了黄莺的口舌，也终究挽留不住春天。昨夜南园起了风雨，打落满地残花，就仿佛被玷污了的宫锦一般。 清晨时分，这歌女才刚抱起琵琶，她的思绪却已飞去远方。想着自己就如同柳絮一般，不肯停留在富贵豪门之中，宁可跟随着春风，漂泊天涯。

晏几道

晏几道（约1030—约1106），字叔原，号小山。抚州临川县（今江西省临川区）人。晏殊幼子。后家道中落，性耿介，不阿附权贵，故仕途不达。其词与其父齐名，号称『二晏』。有词集《小山词》。

临江仙①

梦后楼台高锁，酒醒帘幕低垂。去年春恨却来时②，落花人独立，微雨燕双飞。 记得小蘋初见③，两重心字罗衣④。琵琶弦上说相思，当时明月在，曾照彩云归⑤。

注释 ①临江仙：唐教坊曲名，后用作词牌。双调五十八字，正调为六十字。②却：正当，恰巧。③小蘋：歌女名。④两重句：衣领屈曲如双线心字。⑤彩云：喻指小蘋。

译文 梦醒之后，人去楼空，楼门都已上锁；酒醒之时，锦帐中冷冷清清，帘幕低垂。又是去年春天充满离恨的时候，落花纷纷，一个人独自伫立；细雨微微，一双燕子在雨中低飞。 记得初次见到小蘋之时，她穿着双重心字式的罗衣，尽情地演奏着琵琶，倾诉芳情怨思。当时的月光皎洁美好，曾照着她离去时的倩影，仿佛彩云般翩翩而归。

晏几道

晏几道（约1030—约1106），字叔原，号小山，抚州临川（今江西省临川区）人。晏殊幼子。后家道中落，性格孤傲，不屑攀附权贵，故仕途不达。其词与其父齐名，世称"二晏"。有词集《小山词》。

临江仙①

梦后楼台高锁，酒醒帘幕低垂。去年春恨却来时②。落花人独立，微雨燕双飞。

记得小蘋初见③，两重心字罗衣④。琵琶弦上说相思。当时明月在，曾照彩云归⑤。

注释

①临江仙：唐教坊曲名，后用作词牌。双调五十八字，又调六十字。②却：正，恰。③小蘋：歌女名。④两重心字：衣领曲折似篆体心字。⑤彩云：喻指小蘋。

译文

梦醒之后，人去楼空，楼门紧锁；酒醒之时，帘幕低垂，寂静冷清。又是去年春天充满离恨的时候。落花纷纷，一个人独自伫立；细雨微微，一双燕子在雨中低飞。记得初次见到小蘋之时，她穿着双重心字的罗衣，尽情地演奏着琵琶，琴声传递着相思。当时的月光皎洁美好，曾照着她离去时的倩影，伤离别之恨溢于言表。

王安国

王安国（1030—1076），字平甫，抚州临川（今属江西）人。熙宁元年（1068）赐进士及第。王安石当权后，以政见不合，放归田里。有《王校理集》，不传。

清平乐

留春不住，费尽莺儿语。满地残红宫锦污①。昨夜南园风雨。

小怜初上琵琶②，晓来思绕天涯。不肯画堂朱户，春风自在杨花③。

注释

①宫锦：宫中锦缎，这里用以比喻落花。②小怜：原为北齐后主宠妃的名字，这里代指歌女。③杨花：别本作"梨花"，此以杨花为是。

译文

即使黄莺说尽了百般话语，也留不住春天。昨夜南园起了风雨，打落满地残花，就仿佛被弄脏了的宫锦一般。清晨时分，这歌女才抱起琵琶，她的思绪却已飞去远方。想着自己就如同柳絮一般，不肯停留在富贵豪门之中，宁可跟随着春风，飘泊天涯。

蝶恋花

梦入江南烟水路，行尽江南，不与离人遇。睡里消魂无说处，觉来惆怅消魂误。　欲尽此情书尺素[1]，浮雁沉鱼[2]，终了无凭据。却倚缓弦歌别绪[3]，断肠移破秦筝柱[4]。

注释

①尺素：代指书信。②浮雁沉鱼：即雁高飞鱼深潜，无人为之传送书信。戴叔伦《相思曲》：『鱼沉雁杳天涯路，始信人间别离苦。』③倚缓：低音。古筝有十三弦柱，可左右移动以调节音高，弦急则音高，弦缓则音低。④移破：谓尽情演奏，古筝柱已经移动到极点。

译文

梦境中，我奔行在烟水迷茫的道路，但是找遍江南，也不能与心上人相遇。睡梦里，那种渴望急切的心情无处倾诉，醒来觉得更加伤心，因为知道梦中的伤心真是枉然，醒后一切都变得踪影皆无。　想要把这种真情写成一封情书，但雁飞鱼沉，最终还是无法寄出。只能凭悠扬的音乐之声来抒泄一下离情别绪，只因为过于伤心，即使移遍秦筝的筝柱也无法把感情宣泄。

蝶恋花

醉别西楼醒不记，春梦秋云，聚散真容易。斜月半窗还少睡，画屏闲展吴山翠[1]。　衣上酒痕诗里字，点点行行，总是凄凉意。红烛自怜无好计，夜寒空替人垂泪。

注释

①闲展：冷落寂寞地张展。

译文

醉中西楼分离醒后全无记忆，犹如春梦秋云人生聚散容易。半窗斜月微明我还难以入睡，彩画屏风空展出吴山的翠碧。　衣服上酒痕聚会出所赋诗句，点点行行总唤起一番凄凉意。红烛自悲自怜也无办法安慰，寒夜里只有替人空垂着泪滴。

鹧鸪天

彩袖殷勤捧玉钟[1]，当年拚却醉颜红[2]。舞低杨柳楼心月，歌尽桃花扇底风。　从别后，忆相逢，几回魂梦与君同。今宵剩把银釭照[3]，犹恐相逢是梦中。

注释

①彩袖：代指舞女。玉钟：借指美酒。②拚（pàn）却：豁出去的意思。③釭：灯。

译文

彩袖玉手捧玉钟殷勤又多情，当年甘愿痛饮一醉满面通红。楼顶明月一直舞到坠下柳梢，尽兴歌唱累得桃花扇无力扇。　自从离别以后思念重新相逢，多少回梦魂与你形同又影共。今晚相逢我借灯光看了又看，还怕这相逢仍只是在梦中。

生查子[1]

关山魂梦长，塞雁音书少[2]。两鬓可怜青[3]，只为相思老[4]。　归傍碧纱窗[5]，说与人人道[6]：

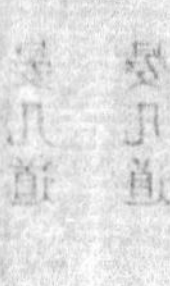

真个别离难⑦，不似相逢好。

【注释】①这首词的作者除晏几道外，还有王观和杜安世两种说法。王、杜都是北宋词人，与晏几道几乎同时，但水平不高，词名不彰，与晏几道不可同日而语。《全宋词》并列三人所作。具体词句上略有出入。②塞雁：根据作者不同，或作「鱼雁」「寒雁」。音书：根据作者不同，或作「音尘」。③可怜：这里是非常之意，毛滂《浣溪沙》有「碧户朱窗小洞房，玉醅新压嫩鹅黄，半青橙子可怜香」句。④只为：根据作者不同，或作「一夜」。⑤归傍：根据作者不同，或作「归梦」。⑥说与：根据作者不同，或作「说向」。人人：对亲昵之人的称呼，柳永《浪淘沙令》有「有个人人，飞燕精神」句。⑦真个：真正。

【译文】关山难度，魂梦悠长，塞上雁飞，音信稀少。我的鬓发曾经如此乌黑，如今却因为相思而变得苍老。等他归来以后，我要倚靠着碧纱的窗棂，对心爱的人儿说：离别真是太艰难了，不像相逢那般美好。

木兰花

东风又作无情计，艳粉娇红吹满地①。碧楼帘影不遮愁，还似去年今日意。谁知错管春残事，到处登临曾费泪。此时金盏直须深②，看尽落花能几醉？

【注释】①艳粉娇红：指花朵。宋之问《奉和立春日侍宴内出剪彩花应制》有「蝶绕香丝住，蜂怜艳粉回」句，王建《路中上田尚书》有「可怜池阁秋风夜，愁绿娇红一遍新」句。②直须：尽管。

【译文】东风再次表现出无情的一面，把粉红娇艳的花朵吹落满地。这一幕使得碧楼上的帘幕也无法遮住我心中忧愁，因为今日这般忧愁，还是与去年相似。谁能想到我竟然多管闲事，为了春残而哀伤，到处登高临远，还落下惆怅之泪。此时此景，手中的金杯越深越好吧，等看遍繁花落尽，不知还能再醉几回？

木兰花

秋千院落重帘暮，彩笔闲来题绣户。墙头丹杏雨余花，门外绿杨风后絮。朝云信断知何处，应作襄王春梦去。紫骝认得旧游踪①，嘶过画桥东畔路。

【注释】①紫骝：古代骏马名，代指马。李白有《紫骝马》诗：「紫骝行且嘶，双翻碧玉蹄。临流不肯渡，似惜锦障泥。白雪关山远，黄云海戍迷。挥鞭万里去，安得念春闺。」

【译文】暮色当中、重幕后面，是立着秋千架的庭院，曾记得我闲来无事，在绣房中挥舞彩笔，为她写下过诗句。如今只剩下墙头的红杏残花带雨，门外的绿柳乱絮随风。我的她，如同朝云一般去无踪迹，毫无音讯，大概是到楚襄王的春梦中去了吧。胯下紫骝马倒还认得旧日冶游之路，在经过画桥东边的时候，竟然不住嘶鸣。

清平乐

留人不住，醉解兰舟去①。一棹碧涛春水路，过尽晓莺啼处。渡头杨柳青青，枝枝叶叶离情。此后锦书休寄②，画楼云雨无凭③。

注释 ①兰舟：船的美称。②锦书：书信的美称。③云雨无凭：云雨，指男女间的欢娱之情，典出楚襄王梦遇巫山神女事。无凭，没有准信。

译文 留人留不住，醉中解缆随舟去。小船桨划出碧波漫漫春江路，霎时间过尽了黄莺啼叫之处。渡口周围上的杨柳青青绿，一枝枝一叶叶都是那些离情。从此后思念的书信不要寄出，画楼欢情化作残云断雨无凭。

阮郎归

旧香残粉似当初，人情恨不如。一春犹有数行书，秋来书更疏。衾凤冷①，枕鸳孤②，愁肠待酒舒。梦魂纵有也成虚，那堪和梦无。

注释 ①衾凤：即凤衾，绣有鸾凤的被子。②枕鸳：即鸳枕，绣有鸳鸯的枕头。

译文 旧日的香气，残存的脂粉，这些还和当初一样，然而人情的变化却实在太快了，真是令人怨限啊。春天还有几行字的书信传来，入秋以后，就连书信也变得更稀少了。绣有鸾凤的被子如此冰冷，绘有鸳鸯的枕头如此孤单，我内心惆怅，只能借酒来浇愁。就算梦中能与你相见，也终究是虚幻啊，更何况根本连梦都没有……

阮郎归

天边金掌露成霜①，云随雁字长②。绿杯红袖趁重阳③，人情似故乡④。兰佩紫，菊簪黄⑤，殷勤理旧狂。欲将沉醉换悲凉，清歌莫断肠。

注释 ①金掌：金即铜，金掌是指铜铸的手掌，典出《三辅故事》中说汉武帝为了求仙，而造『建章宫承露盘，高二十丈，大七围，以铜为之，上有仙人掌承露，和玉屑饮之』。②雁字：大雁结队飞行，或者一行似『一』字，或者两行似『人』字，故名。白居易《江楼晚眺景物鲜奇吟玩成篇寄水部张员外》有『风翻白浪花千片，雁点青天字一行』句。③趁：别本作『称』，疑误。④人情：情味，风味。⑤兰佩紫，菊簪黄：即『佩紫兰，簪黄菊』的倒装，紫兰是兰科白及属的一种花卉。

译文 天边铜人掌中的露水已经化成了霜，浮云啊随着大雁的队列飘荡到远方。有女子红袖舞蹈，还用碧绿杯盛酒，趁着重阳佳节来狂欢吧，这倒真有点家乡风味呢。我身佩紫兰，头簪黄菊，想要竭力装出旧日那般疏狂举止来。我想利用沉醉来改变悲凉的心情，又听得清歌一曲，千万不要唤起我的愁绪来呀。

六幺令①

绿阴春尽，飞絮绕香阁②。晚来翠眉宫样③，巧把远山学。一寸狂心未说④，已向横波觉⑤。画帘遮匝⑥，新翻曲妙⑦，暗许闲人带偷掐⑧。前度书多隐语⑨，意浅愁难答⑩。昨夜诗有回文⑪，韵险还慵押⑫。都待笙歌散了，记取来时霎⑬。不消红蜡，闲云归后，月在庭花旧栏角⑭。

注释

①这首词写一歌女的恋情。上片写她演出前与演出时的激动心态。由于恋人出席，她刻意打扮，眉目传情，演唱特别尽心。下片写她主动约恋人月下幽会。笔触细腻传神，人物栩栩如生。②香阁：熏香的楼阁。③翠眉：用螺黛画的青黑色的眉毛。④狂心：热烈求爱之心。⑤横波：如水闪闪流动的眼神。⑥匝（zā）：四周，周遍。⑦翻：指创制曲谱。⑧偷掐（qiā）：偷记。⑨书：信。⑩意浅：理解肤浅，猜测不透。⑪回文：文字回旋往复，都可读通。⑫韵险：韵脚生僻难押。慵（yōng）：懒。⑬记取：记住。时霎（shà）：片刻。⑭旧栏角：原先约会的栏杆角落。

译文

绿树成荫，春天已经过去，一片柳絮绕着香阁纷飞。晚来演出前，听说意中人要出席，她刻意打扮，用螺黛画眉，依着宫廷流行样式，巧妙地描摹着远山的形态。她的一颗热恋的心，虽然没有表白，可是，从水波似的眼神中已经可以觉察出来。在四周用画帘遮蔽的香阁里，她唱着新制的曲子，歌声美妙，但无暇他顾，听任那些有闲心的人偷偷地抄记曲谱。演唱罢，她向意中人暗传消息：上次你的来信多用隐语，我猜测不透，很是发愁，难以作答；昨夜你送来的诗篇，文字回环可读，很有意思，可是韵脚生僻，我又懒得押韵酬和。等到今夜的演唱会全都散尽了，记住来我这里停留片刻。我们不用点燃红烛，就在原先约会的栏杆角落相会，那时，淡云散尽，月光照在庭院的花枝上，多么令人神往！

晏几道

御街行①

街南绿树春饶絮，雪满游春路②。树头花艳杂娇云③，树底人家朱户。北楼闲上，疏帘高卷，直见街南树。栏杆倚尽犹慵去④，几度黄昏雨。晚春盘马踏青苔⑤，曾傍绿荫深驻⑥。落花犹在，香屏空掩⑦，人面知何处⑧？

注释

①这首词写旧地重游对意中人的恋念。笔势婉曲，缠绵情深。用人若己，余味隽永。②雪：喻柳絮。③杂：交织。娇云：妩媚可爱的云朵。④慵（yōng）：懒。引申为不忍、不甘心的意思。⑤盘马：骑马回旋。⑥深驻：久留。⑦香屏：屏风的艳称。⑧人面：指昔日的恋人。见晏殊《清平乐》（红笺小字）注。

译文

我静静地登上北楼，高高卷起稀疏的帘幕，望着对面街南的树木。街南的暮春，绿树成荫，柳絮纷飞，好像雪片一样，落满了人们游春的道路。有一处，树头花朵鲜艳，像交织的美丽云朵，树底下有一户人家，

红漆大门。有多少次我冒着黄昏的急雨，在北楼上倚遍栏杆，仍不忍离去。去年暮春时节，我曾经骑着马在这里踏着青苔徘徊，后来我和她在树荫下长久流连。如今又是暮春，落花尚在，可是，屏风空自遮掩着，谁知道她去了什么地方？

虞美人①

曲阑干外天如水②，昨夜还曾倚。初将明月比佳期，长向月圆时候、望人归。 罗衣著破前香在，旧意谁教改。一春离恨懒调弦③，犹有两行闲泪、宝筝前。

注释 ①虞美人：唐教坊曲名，后用作词牌。正体为双调五十六字。②曲阑干：曲折回廊上的栏杆。阑干，同栏杆。③调弦：调试琴弦以定音调。

译文 回廊上的栏杆曲曲弯弯，外面的天色像水一样清澈湛蓝。昨天晚上，我也曾在这里凭依栏杆。人们都把明月比作佳期，认为月满的时候人也会团圆。因此我每天都在这里倚栏眺望，盼望心上人早日回到身边。绫罗的衣服虽已穿坏，但以前的余情尚在，令我倾心缅怀留恋。可是不知旅行在外的游子，是谁让他把初衷改变。一春以来，因为离愁别恨而满怀愁怨，也懒得抚筝调弦。还有那两行因闲愁而伤心的眼泪，滴落在那宝筝的前面。

留春令①

画屏天畔，梦回依约，十洲云水②。手捻红笺寄人书，写无限、伤春事。 别浦高楼曾漫倚③，对江南千里。楼下分流水声中，有当日、凭高泪。

注释 ①留春令：词牌名。双调五十字。②十洲：传说中海上的十座仙山，本神仙居住之所，此处指屏风上的画。③别浦：水边分手之处。

译文 从梦中刚刚醒来，蒙蒙眬眬，隐约恍惚。床边新绘的屏风，仿佛远在天边，模模糊糊。上面画的十洲云水，宛如罩着迷雾。我坐起来铺开红色的信笺，给那位远人写封情书，把无限伤春的心情，向他倾诉。在我们分手处河边的高楼上，我曾多次去凭倚注目，面对江南的千里山水，我更加悲恻凄楚。楼下分流的水声之中，就有我当日凭栏时流下的泪珠。

思远人

红叶黄花秋意晚，千里念行客。飞云过尽，归鸿无信，何处寄书得？ 泪弹不尽临窗滴，就砚旋研墨。渐写到别来，此情深处，红笺为无色。

译文 枫叶红了，菊花黄了，已是晚秋季节，我不禁怀念起远行千里的他来。天边飞云都已飘去，归来鸿

雁杳无消息，我该把信寄往何处去呢？我临窗落泪，泪弹不尽，干脆滴入砚台，用来磨墨吧。写信逐渐写到分别后的境况，情更深，泪更浓，竟然把桃红信笺也褪得无色了。

苏　轼

苏轼（1037—1101），字子瞻，号东坡居士，祖籍眉州眉山（今属四川）。仁宗嘉祐二年（1057）中进士。神宗熙宁五年（1072），因和王安石政见不和，主动请求外调。元丰五年（1082），受『乌台诗案』之累，被贬黄州（今湖北黄冈）团练副使。哲宗即位，他奉召回朝，后来又被贬到惠州、琼州。徽宗即位，大赦天下，苏轼北上，第二年死于常州。苏轼是一个全才，诗词书画样样精通。他主张以诗为词，冲破了『艳情』的藩篱，开创了雄浑豪迈的新词风，对词的发展做出了巨大的贡献。有《东坡乐府》传世。

水调歌头

丙辰中秋，欢饮达旦，作此篇兼怀子由。

明月几时有？把酒问青天。不知天上宫阙①，今夕是何年。我欲乘风归去，又恐琼楼玉宇，高处不胜寒。起舞弄清影，何似在人间。　转朱阁，低绮户，照无眠。不应有恨，何事长向别时圆？人有悲欢离合，月有阴晴圆缺，此事古难全。但愿人长久，千里共婵娟②。

注释　①宫阙：指神话传说中的月宫。②婵娟：美丽的月光。

译文　明月从什么时候才有的？手持酒杯来询问那青天。不知道天上的那些宫殿，今天晚上又是哪一年呢。我想要乘长风飞回月宫，又怕那高耸的琼楼玉宇，让我难以忍受那种孤寒。起舞翩翩玩赏月下清影，归返月殿怎比得在人间。　月光已经转过朱红楼阁，明亮亮地低洒在绮窗前，照着床上人们惆怅无眠。明月不应该有什么怨恨，为何在亲人离别时才圆？人都有悲欢离合的变迁，月也有阴晴圆缺的转换，这种事自古来难以周全。但愿世间离别的人长在，远隔千里共赏皎洁明月。

水龙吟·次韵章质夫杨花词①

似花还似非花，也无人惜从教坠。抛家傍路，思量却是，无情有思②。萦损柔肠，困酣娇眼，欲开还闭。梦随风万里，寻郎去处，又还被莺呼起。　不恨此花飞尽，恨西园、落红难缀。晓来雨过，遗踪何在？一池萍碎③。春色三分④，二分尘土，一分流水。细看来不是杨花，点点是离人泪。

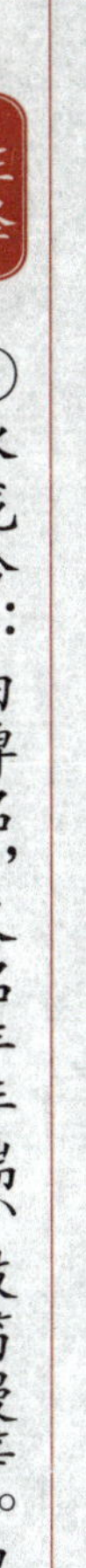

注释　①水龙吟：曲牌名，又名丰年瑞、鼓笛慢等。双调一百零二字。章质夫：章楶，字质夫。蒲城人，为词人朋友。②无情有思：谓杨花看似无情，实则有思。韩愈《晚春》诗：『杨花榆荚无才思，惟觉漫天作

雪飞。』杜甫《白丝行》：『落絮游丝亦有情，随风照日宜轻举。』本句化用其意。③一池萍碎：作者自注：『杨花落水为浮萍，验之信然。』古人认为柳絮落水则化为浮萍。参见《群芳谱》。此说并不科学。④春色：此处指杨花。

译文 像花又不像是花，也没有人怜惜她，任凭她坠落飘零。她离开原来的枝头，依傍在路旁道边，想来也充满别思离情。仿佛是一位娇贵的夫人，柔肠萦绕，困意蒙眬，想要睁开美目而又闭上眼睛。只好似在梦中，随着春风，飘到万里之外，去寻找情郎的行踪。刚刚落地，又被那无情的黄莺唤起，懒洋洋地再度升空。

不恨此花已经飞尽，只恨西园中又飘落片片残红。拂晓下过一场小雨，哪里还有杨花的身影？那杨花早已化作一池碎小的绿萍。有人说杨花是春色的象征，如果把这种春色分为三成，二成已变作尘土，一成化作了流水上的浮萍。仔细看来，那点点白絮绿萍，并不是杨花，而是由思妇的滴滴眼泪变化而成。

永遇乐①

彭城夜宿燕子楼②，梦盼盼，因作此词。

明月如霜，好风如水，清景无限。曲港跳鱼，圆荷泻露，寂寞无人见。紞如三鼓③，铿然一叶④，黯黯梦云惊断。夜茫茫、重寻无处，觉来小园行遍。

天涯倦客，山中归路，望断故园心眼⑤。燕子楼空，佳人何在？空锁楼中燕。古今如梦，何曾梦觉，但有旧欢新怨。异时对、黄楼夜景⑥，为余浩叹。

注释 ①永遇乐：词牌名。双调一百零四字。②彭城：今江苏省徐州市。燕子楼：传说在徐州官廨内，唐张建封守徐州时所建。盼盼姓关，是张建封爱妾，善歌舞。张死后，盼盼念旧情而不嫁，居此楼十余年。唐时传为佳话。白居易创作《燕子楼》诗专咏此事。③紞：击鼓声。④铿然一叶：铿然，本金石之声。此处形容夜静，落叶声也听得很清楚。⑤故园心眼：怀念故园望眼欲穿的心情。⑥黄楼：徐州东门城楼，苏轼知徐州时所建。

译文 明月如霜般洁白，好像泉水一样清凉，清新静谧的夜景令人神往。曲折的水渠中，鱼儿跳出水面，圆形的荷叶上，露珠向下滚淌。但夜深人静，这样好的美景却无人欣赏。清晰的三更鼓声响彻夜空，一片树叶飘然落到地上，那细碎的声音惊断了我的梦乡。黑夜茫茫，再也寻找不到刚才梦境中的那种景色，醒后我寻遍小园的所有地方。

长期被贬谪外地的游子，眺望山中的归路，望眼欲穿地思念着故园家邦。燕子楼空空荡荡，佳人又在哪里，空锁着那双燕子在楼中的画堂。古今万事如同梦境，有几人能从梦境中醒来，徒有些新怨旧欢牵惹愁肠。待过些年后，也会有人面对黄楼夜景，细怀今日之景而为我叹息怅惘。

洞仙歌

余七岁时，见眉州老尼，姓朱，焉其名，年九十岁。自言尝随其师入蜀主孟昶宫中，一日大热，蜀主与花蕊夫人夜纳凉摩诃池上，作一词，朱具能记之。今四十年，朱已死久矣，人无知此词者，但记其首两句，暇日寻味，岂《洞仙歌令》乎？乃为足之云。

冰肌玉骨，自清凉无汗。水殿风来暗香满。绣帘开、一点明月窥人，人未寝、攲枕钗横鬓乱。

起来携素手，庭户无声，时见疏星渡河汉。试问夜如何，夜已三更，金波淡①、玉绳低转②。但屈指、西风几时来，又不道流年③，暗中偷换。

注释 ①金波：指月光，《汉书·礼乐志》有「月穆穆以金波，日华耀以宣明」句，颜师古注释道：「言月光穆穆，若金之波流也。」②玉绳：星名，张衡《西京赋》有「上飞闼而仰眺，正睹瑶光与玉绳」句，李善注引《春秋元命苞》说：「玉衡北两星为玉绳。」③不道：不觉，不料。杨万里《戊戌正月二日雪》有「只愁雪虐梅无奈，不道梅花领雪来」句。

译文 她骨骼似玉、肌肤如冰，原本便清凉无汗。微风暗自把花香带来，充满了整座水上殿堂，绣花的帘幕也被吹开，明月在天，悄悄地窥探着殿内的她——她还没有就寝，轻轻倚靠着枕头，发簪已然歪斜，鬓角也已散乱。

起身来牵着她雪白的小手，漫步走出水上殿堂，四周静悄悄地没有一点声音，夜空中，不时可见几颗星辰划过银河。试问今宵夜色如何呢？夜已三更，只见月光渐淡，玉绳低落。我屈指计算，不知道西风还有多久才来，秋景还有多久才到，却没有料到时光已在不知不觉之中，悄悄地溜走了。

卜算子

黄州定惠院寓居作①

缺月挂疏桐，漏断人初静②。谁见幽人独往来，缥缈孤鸿影。惊起却回头，有恨无人省③。拣尽寒枝不肯栖，枫落吴江冷。

注释 ①黄州定惠院：黄州，治所在今天的湖北省黄冈市附近，元丰五年（1082年），苏轼谪居黄州。定惠院一名定慧院，在黄州东南，苏轼曾作文《游一定惠院记》。②漏断：漏壶里的水滴光了，指深夜。③省：明白，知晓。

译文 残缺的月牙挂在稀疏的梧桐树顶，漏声已断，人声才静。有谁见到那幽居的人儿独自来往吗？他就如同孤单而隐约的鸿雁的影子一般啊。那鸿雁惊飞而起，却又回头，满腔幽怨却无人知晓。它挑遍了寒

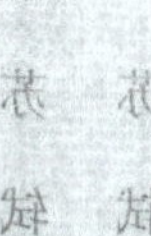
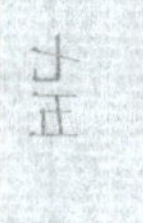

冷的枝杈也不肯栖息，宁愿停留在寂寞的沙洲之上。

青玉案·送伯固归吴中①

三年枕上吴中路②，遣黄耳③，随君去。若到松江呼小渡④，莫惊鸥鹭⑤；四桥尽是⑥，老子经行处⑦。

辋川图上看春暮⑧，常记高人右丞句⑨。作个归期天已许⑩。春衫犹是，小蛮针线⑪，曾湿西湖雨⑫。

注释 ①这首词是词人任扬州知州时送苏伯固归隐吴中所作，表达他对苏伯固的友谊和对吴中风光的向往与恋念，对苏的归隐，则表示理解和支持，且含有祝福之意。巧于用典，精于取象，结语两者融合，尤为高妙，含蓄蕴藉，耐人咀嚼。伯固：苏坚，字伯固，苏州人，苏轼的好友。苏轼知杭州、颍州、扬州时，他充任幕僚。吴中：即苏州。②三年：指苏坚于宋哲宗元祐四年至七年（1089—1092）跟随苏轼充任幕僚。枕上：指梦中。吴中路：通往苏州的道路。③遣黄耳：意谓希望别后经常通信。《晋书·陆机传》记载：陆机有犬名叫黄耳。陆机在洛阳做官时，曾将家书系在黄耳脖子上，命其带回松江家中。黄耳不仅将书信带到陆家，又将复信带回洛阳。④松江：即今吴淞江，一称苏州河，在苏州南。渡：渡船。⑤鸥鹭：两种水鸟名。⑥四桥：指苏州的四座名桥（枫桥、垂虹桥等）。⑦老子：当时的俗语，老人自称之词。此为词人自称。⑧辋川：水名，在今陕西省蓝田县南。唐诗人王维曾在这里置有别业。他曾绘有四幅《辋川图》。⑨高人：指情趣高雅、不热衷于名利的人。右丞：指王维。王维曾任尚书右丞。句：诗句，诗篇。这里指王维描绘和赞美隐逸生活的诗。⑩作：预定。归期：辞官归隐之期。天：指朝廷。⑪小蛮：唐诗人白居易有爱妾名小蛮。此借指苏坚的爱妾。⑫西湖：杭州、颍州都有西湖，都是当时游览胜地。

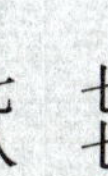

译文 三年来，你常常在睡梦中踏上回归吴中的道路，如今，你终于归去了，我让黄耳犬跟随你去，好经常把我们之间的书信传递。你若是到松江边呼唤小船摆渡，且莫惊吓了那里的海鸥和白鹭；那边的四座名桥，都曾是我游玩的去处。

你最爱看王维《辋川图》上画的暮春景象，你还常常记诵高人王右丞那些赞美隐逸生活的诗章。你预定了辞官归隐的日期，朝廷已经应许；你现在身上穿的春衫，还是你吴中的爱妾亲手缝制，它曾经被西湖的雨水淋湿。朋友，祝你们以后永远团聚。

临江仙·夜归临皋①

夜饮东坡醒复醉②，归来仿佛三更。家童鼻息已雷鸣③，敲门都不应，倚杖听江声。

长恨此身非我有，何时忘却营营④？夜阑风静縠纹平⑤，小舟从此逝，江海寄余生。

注释 ①这首词作于词人贬谪黄州时，表达身陷官场不能自己支配自己命运的悲愤，希望归隐江湖过自由生活。一句长恨，千古同慨；小舟江海，终是梦想。即事随想，感喟良深。临皋：地名，在黄州南长江边，

作者寓所在此。②东坡：地名，在黄州东面。作者曾在这里垦荒种地，并筑室命名为『雪堂』，作为游息之所，因自称东坡居士。③家童：童仆。④营营：来往不绝的样子。这里指为名利而奔忙。⑤夜阑：夜深。縠（hú）纹：绉纱般的波纹。縠，绉纱。

译文 夜间在东坡饮酒，醉了又醒，醒了又醉，回来时好像已经三更天了。家童睡得正香，鼻息像打雷一般，反复敲门总也没有回应，我只好扶着手杖站在江边听着江涛的响声。常常怨恨自己身陷官场，自己不属于自己；什么时候才能忘掉追逐名利呢？这时夜已深了，风也停了，江面像绉纱的细纹一样平静。我真想乘上小船，从此远远离开人世，在江河湖海大自然中寄托我剩余的生命。

定风波

三月三日，沙湖道中遇雨，雨具先去，同行皆狼狈，余独不觉。已而遂晴，故作此。

莫听穿林打叶声，何妨吟啸且徐行。竹杖芒鞋轻胜马①，谁怕？一蓑烟雨任平生②。料峭春风吹酒醒③，微冷，山头斜照却相迎。回首向来萧瑟处④，归去，也无风雨也无晴。

注释 ①芒鞋：草鞋。②一蓑（suō 梭）：蓑衣，用棕制成的雨披。③料峭：微寒的样子。④向来：刚才。萧瑟：风雨吹打树叶声。

译文 不要害怕树林中风雨的声音，何妨放开喉咙吟唱从容而行。拄竹杖曳草鞋轻便胜过骑马，这都是小事情又有什么可怕？披一蓑衣任凭湖海中度平生。料峭的春风把我的酒意吹醒，身上略略微微感到一些寒冷，看山头上斜阳已露出了笑脸。回首来程风雨潇潇时的情景，归去不管它是风雨还是放晴。

江城子。乙卯正月二十日夜记梦

十年生死两茫茫①，不思量，自难忘。千里孤坟②，无处话凄凉。纵使相逢应不识，尘满面，鬓如霜。夜来幽梦忽还乡，小轩窗，正梳妆。相顾无言，惟有泪千行。料得年年肠断处，明月夜，短松冈。

注释 ①十年：苏轼妻王氏去世十年。②千里孤坟：王氏去逝后葬在四川。

译文 你我夫妻诀别已经整整十年，强忍不去思念可终究忘不掉。千里之外那座遥远的孤坟啊，竟无处向你倾诉满腹的凄凉。纵然夫妻相逢你也认不出我，我已经是灰尘满面两鬓如霜。昨夜我在梦中又回到了家乡，在小屋窗口你正在打扮梳妆。你我二人默默相对惨然不语，只有流出淋漓热泪洒下千行。料想得到我年年想她的地方，就在明月的夜晚矮松的山冈。

木兰花·次欧公西湖韵①

霜馀已失长淮阔②，空听潺潺清颍咽③。佳人犹唱醉翁词④，四十三年如电抹⑤。草头秋露如珠滑，

三五盈盈还二八⑥。与余同是识翁人⑦，惟有西湖波底月。

注释 ①这首词是词人于哲宗元祐六年（1091）知颍州（治所在今安徽省阜阳市）时作的。四十三年前，欧阳修也曾任颍州知州，他是作者最敬佩的恩师。词中表达了对欧阳修的深切怀念，感叹时光速逝，人生巨变。文情顿挫，含蓄深沉。西湖，指颍州西湖。欧阳修在颍州时，曾作西湖饯别的《木兰花》词：『西湖南北风波阔，风里丝簧声韵咽。舞馀裙带绿双垂，酒入香腮红一抹。杯深不觉琉璃滑，贪看六幺花十八。明朝车马各西东，惆怅画桥风与月。』②霜馀：霜后。③潺潺（chánchán）：水缓缓流动的样子。颍：颍水，由河南省流经安徽省阜阳入淮河。④佳人：指歌女。醉翁词：指前引欧阳修的《木兰花》词。欧阳修自号醉翁。⑤四十三年：指从欧阳修作上述《木兰花》词到作者作此词的时间。抹：一闪而过。⑥三五：指阴历十五的月亮。谢灵运《怨晓月赋》：『昨三五兮既满，今二八兮将缺。』⑦翁：指醉翁。

译文 霜后的漫长的淮河，已失去了它那宽阔的气势；我泛舟在颍水之上，惆怅地倾听着它那缓缓流动的低沉的声音。歌女们至今还在传唱醉翁的《木兰花》词，可四十三年的时间，已经像电闪一般过去了。草头的秋露如珍珠一样光滑圆润，可它转眼就消失了；十五的月亮圆圆满满，可到十六就开始残缺了。和我同是认识欧公的人，如今还有谁活在世上呢？只有映入西湖波底的月亮了。

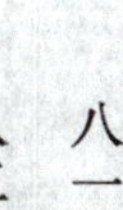

贺新郎①

乳燕飞华屋②，悄无人、槐阴转午，晚凉新浴。手弄生绡白团扇③，扇手一时似玉。渐困倚、孤眠清熟，帘外谁来推绣户？枉教人、梦断瑶台曲④，又却是、风敲竹。 石榴半吐红巾蹙⑤，待浮花、浪蕊都尽⑥，伴君幽独。秾艳一枝细看取，芳意千重似束。又恐被、西风惊绿，若待得君来向此，花前对酒不忍触。共粉泪，两簌簌⑦。

注释 ①贺新郎：词牌名，由苏轼首创。本词双调为一百一十五字。另有一体为一百一十六字。②乳燕：雏燕、小燕。③绡：生丝织成的薄绸。团扇：圆形有柄的扇，因我国古代宫中常用，故称『宫扇』。④瑶台：传说中神仙的居处。⑤红巾蹙：形容半开的石榴花如有皱纹的红绸巾。⑥浮花、浪蕊：指颜色鲜艳花期短的花。⑦簌簌：纷纷下落貌。

译文 一只小燕飞进华丽的堂屋。静寂无人，槐树荫渐渐转过正午。一位美人赶晚凉刚刚出浴。她手里摆弄着一柄生丝的白色团扇，纤手和团扇一样洁白如玉。她渐渐有些困倦，倚着孤枕悄然睡去。忽听外面似乎有人推门，枉自打断温馨的瑶台美梦，却原来又是轻风吹动了翠竹。 石榴花半开半吐，好像是用红绸巾叠成的花簇。待那些轻浮浪荡的花蕊尽行凋落，只有石榴花陪伴美人的幽独。折来一枝鲜艳的花朵仔细鉴赏，

芬芳的千重花心紧紧卷束。又恐怕被秋风吹走红花，只剩下一片残绿。如果等到那时，再来观看石榴花，那情景真是目不忍睹。面对凋零的花瓣遣愁饮酒，伤心的眼泪和残红一定同时飘坠，纷纷零乱，扑扑簌簌。

念奴娇·赤壁怀古①

大江东去，浪淘尽、千古风流人物②。故垒西边，人道是、三国周郎赤壁③。乱石穿空，惊涛拍岸，卷起千堆雪。江山如画，一时多少豪杰！

遥想公瑾当年，小乔初嫁了④，雄姿英发⑤。羽扇纶巾⑥，谈笑间、樯橹灰飞烟灭⑦。故国神游⑧，多情应笑我，早生华发⑨。人生如梦，一尊还酹江月⑩。

注释 ①念奴娇：词牌名。双调一百字，故又名『百字令』；因其尾句而又名『酹江月』。赤壁：此指赤鼻矶，在今湖北黄冈西。此处非三国时周瑜破曹操之赤壁，其确址乃在今湖北省赤壁市（原蒲圻县）。②风流人物：指杰出的历史名人。③周郎：周瑜，字公瑾，建安三年，孙策封其为『建威中郎将』，时年二十四，吴中皆呼为周郎。④小乔句：《三国志·吴志·周瑜传》载，周瑜从孙策攻皖，『时得桥公两女，皆国色也，策自纳大桥，瑜纳小桥』。乔，本作『桥』。赤壁之战时周瑜已结婚十年，言『初嫁』，系夸其少年得志。⑤雄姿英发：谓周瑜体貌非凡，言谈卓绝。⑥羽扇纶巾：儒将不披甲胄的便装打扮。羽扇，取白色鸟羽制成的扇。纶巾，以青丝制成的头巾。⑦灰飞烟灭：这是描绘以火攻战败曹军的场景。⑧故国神游：『神游故国』倒文。故国：指古战场赤壁。⑨多情二句：『应笑我多情』的倒文。这是自我嘲讽。华发：白发。⑩酹：以酒洒地，表示祭奠。

译文 大江向东方滚滚奔流，波浪淘滤出千古的英雄。在那古代营垒的西边非常荒凉，人们说是当年周瑜进行赤壁大战的地方。高峻零乱的石头上溅起云雾似的浪花，拍打江岸的波涛好像要将其撕裂一样。江面上卷起层层雪白的波浪，仿佛千堆雪花一般模样。江山如同美丽的图画，引得多少豪杰为之血战沙场。遥想当年的周瑜，娶得小乔那样的倾国之色，英气勃发而风流倜傥。戴着青布头巾，摇着羽毛大扇，运筹帷幄而胸有取胜的良谋。说说笑笑之间，强大的敌人便灰飞烟灭。我的精神去游览那往日的故国，应该嘲笑我情太浓太多，居然早早使头发花白。唉！人间仿佛是一场梦境，令人难以琢磨，还是端起酒杯，将酒洒向江面，来祭奠这清澈的江面上的明月。

张舜民

张舜民（生卒年不详），字芸叟，号浮休居士，又号矴斋，祖籍邠州（今陕西彬州）。英宗治平二年（1065）中进士，做襄乐令。后因作诗议论边塞战事被贬郴州（今湖南郴州市）。他南下时经过岳阳，作《卖花声》二首。

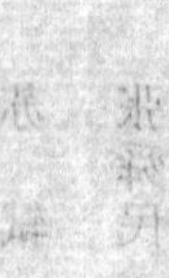

卖花声·题岳阳楼

木叶下君山，空水漫漫，十分斟酒敛芳颜①。不是渭城西去客，休唱《阳关》。　醉袖抚危栏，天淡云闲，何人此路得生还？回首夕阳红尽处，应是长安②。

注释　①敛芳颜：收敛容颜，肃敬的样子。②长安：此指汴京。

译文　秋风里万木凋零，君山上落叶纷飞，洞庭湖水与长天一色，浩浩荡荡。歌女斟满一杯酒，敛起笑容，要唱一曲送别歌。我不是当年王维在渭城送别西去的客人，请不要唱这曲令人悲伤的《阳关》。　酒醉后，手扶楼上的栏杆举目远望，天空清远，白云悠然。被贬的南行囚客有几人能从这条路上生还呢？回望处，夕阳映红了天边，那里应该是我离开的都长安。

王　观

王观（生卒年不详），字通叟，祖籍高邮（今江苏）。宋仁宗嘉祐二年（1057）中进士，先后担任过大理寺丞、知江都县、翰林学士等职，后来因其《清平乐》词招祸，去职归隐，自号逐客。他的词师法柳永，有词集《冠柳集》，已佚。现存有赵万里辑本。

卜算子·送鲍浩然之浙东

水是眼波横，山是眉峰聚。欲问行人去哪边？眉眼盈盈处。　才始送春归，又送君归去。若到江南赶上春，千万和春住。

译文　明净的江水好像美人的眼波，起伏的山峦好像美人秀丽的眉毛。问远行的人到哪里去？去山水优美的江南。　我刚刚送走春天，如今又送您到浙东去。如果到了江南，您正赶上了春天，请千万把春光留住。

魏夫人

魏夫人（生卒年不详），名玩，字玉汝，祖籍襄阳（今属湖北）。宋徽宗时宰相曾布之妻，封鲁国夫人。魏夫人博闻强识，尤擅诗词，朱熹把她和李清照相提并论。她的词受《花间集》影响很大，多写闺情，婉柔蕴藉。存词十四首，周泳先辑有《鲁国夫人词》一卷。

菩萨蛮

溪山掩映斜阳里，楼台影动鸳鸯起。隔岸两三家，出墙红杏花。　绿杨堤下路，早晚溪边去。三见柳绵飞，离人犹未归。

卖花声·题岳阳楼

木叶下君山，空水漫漫。十分斟酒敛芳颜①。不是渭城西去客，休唱《阳关》。 醉袖抚危阑，天淡云闲。何人此路得生还。回首夕阳红尽处，应是长安②。

注释 ① 敛芳颜：收敛笑容，表情严肃。② 长安：此指汴京。

译文 洞庭湖上木叶纷飞，君山孤立，湖水茫茫。斟满了酒，[illegible]，要唱一曲送别歌。我不是渭城往西去的客人，请不要唱令人悲伤的《阳关》。 醉后倚[illegible]，天空清淡，白云悠闲。[illegible]回首望去，夕阳红尽处，应是京城长安了。

王 观

王观（生卒年不详），字通叟，海陵如皋（今属江苏）人。宋仁宗嘉祐二年（1057）中进士，历任大理寺丞、江都知县、翰林学士等职。后因作《清平乐》词被认为亵渎神宗，被罢官，自号逐客。有词集《冠柳集》一卷。[illegible]

卜算子·送鲍浩然之浙东

水是眼波横，山是眉峰聚。欲问行人去那边？眉眼盈盈处。 才始送春归，又送君归去。若到江南赶上春，千万和春住。

译文 水像美人流动的眼波，山如美人蹙起的眉峰。问行人要去哪里？[illegible]才送走了春天，今天又送你归去。如果你到江南赶上了春天，千万要和春天同住。

魏夫人

魏夫人（生卒年不详），名玩，字玉汝，襄阳（今属湖北）人。宋魏泰之姊，曾布之妻，封鲁国夫人。[illegible]

存词十四首，周泳先辑有《鲁国夫人词》一卷。

菩萨蛮

溪山掩映斜阳里，楼台影动鸳鸯起。隔岸两三家，出墙红杏花。 绿杨堤下路，早晚溪边去。三见柳绵飞，离人犹未归。

译文

溪水和山峰都笼罩在夕阳余晖之中。微风吹拂下，溪水荡起层层绿波，倒映在水中的楼台也仿佛在晃动，惊起了水面上的鸳鸯。溪水的两岸，只住着两三户人家，一枝娇艳的杏花从院墙上探出头来。　在杨柳掩映的溪边小路上，有人天天在那里徘徊观望。年年看柳絮飘飞，至今已经看了三次，离人为什么还不还乡？

王诜

王诜（生卒年不详），字晋卿，祖籍并州太原（今属山西），后迁居开封（今属河南）。先后做过左卫将军、驸马都尉、利州防御使。元丰五年（1082），受『乌台诗案』之累，贬昭化军行军司马、均州安置，元祐元年（1086）才被召回。王诜善诗画，也写词，词风清丽，赵万里辑有《王晋卿词》一卷。

忆故人

烛影摇红，向夜阑，乍酒醒、心情懒。尊前谁为唱《阳关》，离恨天涯远。　无奈云沉雨散，凭阑干、东风泪眼。海棠开后，燕子来时，黄昏庭院。

译文

临近天晓，从醉梦中醒来，神思慵怠，看见一枝孤零零的蜡烛摇着红色的火焰。为什么在酒席筵前唱一首《阳关》呢？离愁别恨已经远至天涯。　无奈幽会之后，他音讯杳然。此时，我独倚着栏杆，让东风揩拭流泪的双眼。海棠已经凋落，燕子飞回来，夕阳吞噬了这座深宅大院。

舒亶

舒亶（1041—1103），字信道，号懒堂，祖籍明州慈溪（今属浙江）。宋英宗治平二年（1065）中进士，先后担任临海尉、神官院主簿、秦凤路提刑、两浙常平、监察御史里行、直龙图阁待制等职。擅写小词，细腻深婉。后人辑有《舒学士词》一卷。

虞美人·寄公度①

芙蓉落尽天涵水②，日暮沧波起。背飞双燕贴云寒。独向小楼东畔、倚阑看。　浮生只合尊前老，雪满长安道。故人早晚上高台③，赠我江南春色、一枝梅。

①别本无此词题。所寄之『公度』应为作者友人，具体不详。②芙蓉：古称芙蓉者有木芙蓉和水芙蓉两种，这里是指水芙蓉，也即荷花。王昌龄《采莲曲》有『荷叶罗裙一色裁，芙蓉向脸两边开』句。③早晚：指日日、每日。

译文 荷花已然落尽，天水浑然一色，日将暮时，波涛涌起。空中有双燕相背而飞，紧贴着寒冷的云朵。我独自来到小楼东边，倚着栏杆眺望。 浮生如梦，只该饮酒终老，时已岁暮，积雪堆满长安古道。老朋友每天登上那高台啊，想要赠给我一枝江南报春的梅花。

朱服

朱服（1048—?），字行中，祖籍湖州乌程（今浙江吴兴）。神宗熙宁六年（1073）中进士，先后在神宗、哲宗、徽宗三朝任职，做过国子司业、中书舍人、礼部侍郎等职。其词仅存《渔家傲》一首。

渔家傲

小雨纤纤风细细，万家杨柳青烟里。恋树湿花飞不起，愁无际，和春付与东流水。 九十光阴能有几？金龟解尽留无计。寄语东阳沽酒市①，拼一醉②，而今乐事他年泪。

①沽酒市：卖酒的地方。②拼：索性。

译文 绵绵的细雨微微的风，千村万户笼罩在清烟中。湿花贴在树枝上不再飞，心中之愁无穷，连同春色付与江水流向东。 九十天的春色去匆匆，解尽金龟换酒也难留住。告诉那东阳城里的卖酒人，而今我只求喝个醉，不管今日乐事成为他年的悲伤。

僧挥

僧挥（生卒年不详），俗姓张，名挥，字师利，法号仲殊。安州安陆县（今湖北省安陆市）人。曾举进士，后因家庭悲剧，出家为僧，与苏轼交往密切。徽宗崇宁年间（1102—1106）自缢死。苏轼称他『善诗及歌词，皆操笔立成』。有词集《宝月集》。

金明池①

天阔云高，溪横水远，晚日寒生轻晕②。闲阶静、杨花渐少③，朱门掩、莺声犹嫩。悔匆匆、过却清明，旋占得馀芳④，已成幽恨。却几日阴沉，连宵慵困⑤，起来韶华都尽⑥。 怨入双眉闲斗损⑦，乍品得情怀⑧，看承全近⑨。深深态、无非自许，厌厌意⑩、终羞人问。争知道、梦里蓬莱⑪？待忘了馀香，时传音信。纵留得莺花，东风不住，也则眼前愁闷⑫。

①这首词写词中主人余伤春念远之情。『韶华都尽』，使他满怀怨恨，斗损双眉，但是，春风无论如何是留不住了，他要忘掉逝去的春天，去追求、去把握那永恒的爱情。思致委婉，柔而有骨。②晕（yùn）：

环绕在日月周围的彩色光圈。③闲：空。杨花：即柳絮。④旋：旋即，随后。馀芳：残余的春花。⑤慵（yōng）：懒。困：疲倦。⑥韶华：春光。⑦斗：蹙对，皱。损：坏，煞。表示极甚的程度。⑧乍：忽然。品：品味，体味。情怀：指心上人对自己的情怀。⑨看承：看待，对待。全：十分。近：亲近，亲切。⑩厌厌：精神萎靡不振的样子。意：心事。⑪争：怎。蓬莱：古代神话传说中的东海仙山。借指意中人住的地方。⑫也则：依旧。

译文

长天辽阔，白云高翔；溪水横陈，流向远方。傍晚渐生寒意，夕阳带着淡淡的彩环。空荡荡的台阶上一片寂静，杨花越来越稀少；红漆大门虚掩，门外的莺啼却仍是那么娇柔清脆。我好后悔，让清明节就这么匆匆地过去了；虽然随后还能欣赏到残余的春花，可是，内心深处已产生许多怨恨。接着又是几天阴阴沉沉，连着几夜慵懒困乏，到起身出门一看，美好的春光全都消失了。无限的惆怅怨恨，袭入我的眉宇间，我空自双眉紧皱，思绪万千。忽然间我顿悟到远方意中人对我的情怀，细想来她对我十分亲切喜爱。她那深沉含蓄的[illegible]，处处显示她以身相许；她精神忧郁不振，满怀心事，有人问起总是羞羞答答。怎么才能知道梦中我和她相会的那个仙境般的去处呢？我要忘掉残余的春芳，不让它们占领我的心灵，及时向她传递我喜爱她的信息。不然的话，即使留住莺声和杨花，春风不留下来，眼前也仍然是愁绪满怀。

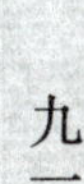

黄庭坚

黄庭坚（1045—1105），字鲁直，号山谷道人，晚又号涪翁。洪州分宁县（今江西省修水县）人。英宗治平四年（1067）进士。历任秘书丞、国史编修官等职。新党执政，屡受打击，最后死于贬所。他与苏轼关系密切，为『苏门四学士』之首。诗与苏轼齐名，并称『苏黄』。他是江西诗派首领，其诗对两宋诗坛影响很大。其词当时与秦观齐名。有词集《山谷词》。

鹧鸪天①

座中有眉山隐客史应之和前韵②，即席答之。

黄菊枝头生晓寒，人生莫放酒杯干。风前横笛斜吹雨，醉里簪花倒著冠③。

身健在，且加餐，舞裙歌板尽情欢。黄花白发相牵挽，付与时人冷眼看。

注释

①这首词作于词人被贬戎州时，以旷达狂放的态度抒写心中愤懑不平之气。狂态如绘，兴感淋漓。②眉山：今四川省眉山市。史应之：史铸，字应之，私塾教师。和：酬和，和答。前韵：黄庭坚有韵脚相同的《鹧鸪天》词三首，这是第二首，『前韵』指第一首。③簪花：插花。簪，插发的一种锥形首饰。这里用作动词。

译文

拂晓，黄菊枝头正开，笼罩着一片寒意。人生多么暂短啊，且莫抛开酒杯，让它白白闲置。喝醉了

黄庭坚

黄庭坚（1045—1105），字鲁直，号山谷道人，晚号涪翁，洪州分宁（今江西修水县）人。英宗治平四年（1067）进士。

鹧鸪天①

座中有眉山隐客史应之和前韵，即席答之。

黄菊枝头生晓寒。人生莫放酒杯干。风前横笛斜吹雨，醉里簪花倒著冠②。身健在，且加餐。舞裙歌板尽清欢。黄花白发相牵挽，付与时人冷眼看。

酒我头插黄菊倒戴着帽子，尽管风卷斜雨，我毅然临风而立，狂吹横笛。身体仍然康健，只管多加餐饭。听歌板频敲，看舞裙翩翩，我自尽情求欢。让黄花牵着白发，白发挽着黄花，交给庸俗的世人，任他们冷眼观看。

定风波·次高左藏使君韵①

万里黔中一漏天②，屋居终日似乘船。及至重阳天也霁③，催醉，鬼门关外蜀江前④。

莫笑老翁犹气岸，君看，几人黄菊上华颠⑤？戏马台南追两谢⑥，驰射，风流犹拍古人肩⑦。

注释

①这首词作于贬谪黔州时，写过重阳节的情景，表现了词人在逆境中的乐观旷达的情怀。意象生动，气度豪迈。词语新警，顿挫有力。高左藏，生平不详。使君，对州郡长官的尊称。②黔中：指黔州，治所在今四川省彭水县。③重阳：重阳节，阴历九月九日。霁（jì）：雨止天晴。④鬼门关：指石门关，在重庆市奉节县东。两山相夹如门，形势极险。蜀江：指重庆市境内的乌江，流经彭水县。⑤华颠：花白头。颠，头顶。⑥戏马台：在今江苏省铜山县南，传为项羽所筑。两谢：指南朝诗人谢瞻、谢灵运。晋安帝义熙十二年（416），刘裕北伐至彭城（今江苏省徐州市），重阳节在戏马台宴饮将佐群僚，赋诗为乐。谢瞻、谢灵运也都赋诗一首。⑦拍古人肩：意谓追及古人。

译文

万里外的黔中，阴雨连绵，天空漏了似的；整天住在屋里，却好像乘船在水上航行。到了重阳节，天却突然放晴了，它催人狂饮大醉；即使在鬼门关外蜀江边这险恶的地方，也无所顾忌了。不要笑我老头子仍然那么气度高傲，你们看，几个人敢把黄菊花插在白头上？我要追效当年戏马台前的谢瞻、谢灵运，饮酒赋诗，驰马射箭，那豪迈的气概想来还能赶上古人呢！

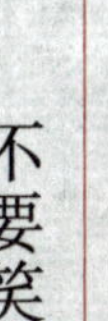

晁元礼

晁元礼（1046—1113），一名端礼，字次膺。徐州彭城（今江苏省徐州市）人。神宗熙宁六年（1073）进士。曾任大晟府（朝廷主管音乐的机构）协律。精通音律，工于填词。有词集《闲斋琴趣外篇》。

绿头鸭①

晚云收，淡天一片琉璃②。烂银盘③、来从海底，皓色千里澄辉。莹无尘、素娥淡伫④，静可数、丹桂参差⑤。玉露初零，金风未凛，一年无似此佳时。露坐久，疏萤时度，乌鹊正南飞⑥。瑶台冷⑦，栏杆凭暖，欲下迟迟。

念佳人、音尘别后，对此应解相思。最关情、漏声正永⑧，暗断肠、花影偷移。料得来宵，清光未减，阴晴天气又争知？共凝恋⑨、如今别后，还是隔年期。人强健⑩，清尊素影⑪，长愿相随。

酒，我头插黄菊倒戴着帽子。尽管风斜吹雨，我毅然临风而立，狂吹横笛。身体仍然康健，只管多加餐饭。听歌板轻敲，看舞裙翩翩，我自尽情欢乐。让黄花衬着白发，[illegible]，交给庸俗的世人，任他们冷眼观看。

定风波·次高左藏使君韵①

万里黔中一漏天②，屋居终日似乘船。及至重阳天也霁③，催醉，鬼门关外蜀江前④。莫笑老翁犹气岸，君看，几人黄菊上华颠⑤？戏马台南追两谢⑥，驰射，风流犹拍古人肩⑦。

注释

①这首词作于[illegible]

赏析

[illegible]

[illegible]饮酒赋诗，驰马射猎，那豪迈的气概想来还能赶上古人呢！

晁元礼

晁元礼（1046—1113），[illegible]

绿头鸭①

晚云收，淡天一片琉璃。烂银盘、来从海底，皓色千里澄辉。莹无尘、素娥淡伫，静可数、丹桂参差。玉露初零，金风未凛，一年无似此佳时。露坐久、疏萤时度，乌鹊正南飞。瑶台冷，阑干凭暖，欲下迟迟。念佳人、音尘别后，对此应解相思。最关情、漏声正永，暗断肠、花影偷移。料得来宵，清光未减，阴晴天气又争知。共凝恋、如今别后，还是隔年期。人强健，清尊素影，长愿相随。

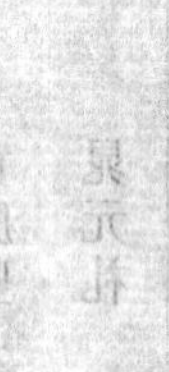

注释 ①这首词描写中秋月夜景色，抒发对情人的深切思念。情景浑融，意象丰美；虚实相成，铺写有序；意致深婉，饶有韵味。堪与东坡仲秋词媲美。②琉璃：用铝和钠的硅酸化合物烧制成的釉料，常见的有绿色和金黄色两种，用来涂饰缸、盆、砖、瓦等。③烂银盘：光亮洁白如银的圆盘。喻十五的月亮。唐卢仝《月蚀》诗："烂银盘从海底出。"④素娥：传说中月宫仙女，嫦娥的别称。伫（zhù）：久立。⑤丹桂：桂花树的一种，花红者为丹桂。古代传说，月亮上有桂树。参差（cēn cī）：长短高低不齐的样子。⑥乌鹊：即乌鸦。曹操《短歌行》："月明星稀，乌鹊南飞。"⑦瑶台：美玉砌成的高台。这里是高台的美称。⑧漏：漏刻，或称刻漏，古代计时器。参看柳永《戚氏》注。永：长。⑨凝恋：痴心留恋。⑩人：指情人。⑪素影：指月亮。

译文 傍晚，云彩全都收敛了起来，晴朗的天空呈现一片碧琉璃的颜色。光亮银盘似的圆月，从海底升起来了；皎洁的月色，在辽阔的大地上展示着清辉。它明净无尘，仿佛可以看到嫦娥淡妆素裹在上边伫立；它宁静安详，无风无雨，上面的高高低低的丹桂也好像能一一数清楚。这时节，白露刚开始降落，秋风还不寒冷，一年之中没有像这样好的时候。我在露天久坐，只见萤火虫三三两两不时地飞过；一群乌鸦误将夜间当白昼，正向南飞去。华美的楼台上渐渐有些寒意，我又长时间凭栏远望，栏杆都被我偎暖了，想要下去，却又迟疑不决。

我正遥念我那美好的人儿，自从我们的音容踪迹分隔两地之后，面对这皎洁的明月，她一定会把我思念。料想此时此刻，最牵动她情思的想必是，那夜漏声正点点滴滴，连续不断；又暗自悲伤，花影悄悄向东移去。料想到明天夜里，月亮的清光不会减少，可是，天气的阴晴又怎么会知道呢？我们共同痴心地留恋着今夜的月光，今天分别以后，仍是到明年的今夜才能再相会。但愿我心爱的人儿身体健康，将来我们能共饮美酒，共赏明月，永远相伴在一起。

秦观

秦观（1049—1100），字少游，一字太虚，号淮海居士。高邮（今属江苏）人。元丰八年（1085）进士及第。元祐初，除秘书省正字，兼国史院编修官。绍圣初，坐党籍削职，兼处州酒税。徙郴州，雷州。徽宗朝，赦还，至滕州卒。有《淮海集》《淮海居士长短句》。

望海潮

梅英疏淡，冰澌溶泄①，东风暗换年华。金谷俊游，铜驼巷陌，新晴细履平沙。长记误随车，正絮翻蝶舞，芳思交加②。柳下桃蹊③，乱分春色到人家。西园夜饮鸣笳④，有华灯碍月，飞盖妨花⑤。

兰苑未空，行人渐老⑥，重来是事堪嗟。烟暝酒旗斜⑦。但倚楼极目，时见栖鸦。无奈归心，暗随流水到天涯。

注释 ①梅英：梅花。冰澌（sī）：冰块流融。溶泄：溶解流泄。②芳思：春天引起的情思。③桃蹊：桃树下的小路。④西园：即金谷园。笳：胡笳，古代西北少数民族的一种管乐器。⑤飞盖：飞驰车辆上的伞盖。⑥兰苑：美丽的园林，亦指西园。⑦烟暝：烟霭弥漫的黄昏。

译文 梅花稀疏淡雅冰河渐渐融化，春风吹拂暗暗换了金色年华。想昔日金谷胜游的园林景色，铜驼大街小巷的那般繁华，趁新晴漫步在雨后的平沙上。总记得曾误追了别人家香车，那时正值柳絮翻飞蝴蝶翩舞，春天引发的情思缭乱相交加。杨柳树荫儿下面的桃花小径，乱纷纷将春色送到万户千家。 夜晚西园宴饮弦管歌乐交加，华灯灿烂辉煌掩蔽明月光华，车辆如飞来往妨碍人们赏花。 花园尚未凋残游子渐生霜发，重来旧地事事都是感慨吁嗟。 暮霭里一面酒旗斜斜高高挂。 独自一人空倚着楼纵目远眺，时而看见栖息在树上的归鸦。 我那不可抑制的思归之心啊，已暗自随着流水奔到了天涯。

八六子

倚危亭，恨如芳草①，萋萋刬尽还生②。念柳外青骢别后③，水边红袂分时④，怆然暗惊。无端天与娉婷⑤，夜月一帘幽梦，春风十里柔情。怎奈向、欢娱渐随流水，素弦声断，翠绡香减⑥。那堪片片飞花弄晚，濛濛残雨笼晴。正消凝⑦，黄鹂又啼数声。

注释 ①危亭：高耸的楼亭。②刬（chǎn）：通『铲』，消除。③青骢：骏马名，指行人。④红袂（mèi）：红袖，代指女子。⑤无端：没来由，无缘无故。娉婷：姿容娇美的样子。⑥翠绡：碧丝纱巾。⑦消凝：销魂凝魄，极度伤神之意。

译文 倚着危耸高亭离恨如同芳草，青翠茂密的草铲尽还会复生。回想柳树外青骢马离别匆匆，流水边那红袖女子分手依依，不禁悲怆痛楚暗自心惊肉跳。 没来由天公赠予她娇美姿容，月夜同枕幽梦她那脉脉深情，比十里长街上春风还要温柔。怎奈何爱悦欢情随流水消逝，琴弦声音已断碧纱巾芳香减。怎忍飞花片片逗引暮色昏暗，残雨濛濛笼罩着晚上的天空。正在独自一个人凄然地伤神，黄莺儿又悲伤地啼叫了几声。

满庭芳

山抹微云，天黏衰草①，画角声断谯门②。暂停征棹，聊共引离樽③。多少蓬莱旧事，空回首、烟霭纷纷。斜阳外，寒鸦万点，流水绕孤村。 销魂。当此际，香囊暗解，罗带轻分。谩赢得、青楼薄幸名存④。此去何时见也，襟袖上、空惹啼痕。伤情处，高城望断，灯火已黄昏。

注释 ①黏：别本作『连』，似不如『黏』。②谯门：即谯楼。③引离樽：别本作『饮离樽』，樽也写作尊，古代饮酒器。④薄幸：别本作『薄倖』，含义同。此处化用杜牧《遣怀》中『十年一觉扬州梦，赢得青楼薄幸名』句。

译文 远山涂抹着淡淡的云彩，天际紧黏着萋萋的衰草，城上谯楼，画角已然吹毕。暂且停下远行的船只吧，和你一起痛饮这离别的美酒。多少仙境般的往事啊，如今黯然回首，却仿佛纷纷扰扰的烟雾一般。看那斜阳之外，有无数凄寒的乌鸦，还有一道河水，围绕着孤独的村落在流淌。 在这离别的时刻，我悄悄解下所配香囊来赠别，而你轻轻分开系紧的罗带做比喻，就这样，我竟然得了青楼薄幸之人的恶名。可真令人黯然销魂啊。分别以后，不知道何时才能再见啊，衣襟上、衣袖上，徒然沾满了泪痕。感伤之际，我抬眼眺望，只能见到黄昏落日下高大的城墙，还有城中密密的灯火……

满庭芳

晓色云开，春随人意，骤雨才过还晴。古台芳榭①，飞燕蹴红英②。舞困榆钱自落③，秋千外、绿水桥平。东风里，朱门映柳，低按小秦筝。 多情。行乐处，珠钿翠盖，玉辔红缨。渐酒空金榼④，花困蓬瀛⑤。豆蔻梢头旧恨⑥，十年梦⑦，屈指堪惊。凭阑久，疏烟淡日，寂寞下芜城⑧。

注释 ①榭：指建筑在高台上的房屋。②飞燕蹴红英：蹴指踩、踏，英指花，语出杜甫《城西陂泛舟》『鱼吹细浪摇歌扇，燕蹴飞花落舞筵』句。③榆钱：即榆荚，榆树的种子，因其外形圆薄如钱币，故此得名。④榼：古代盛酒器。⑤蓬瀛：指蓬莱和瀛洲，都是传说中的海外仙山。王勃《怀仙》有『道存蓬瀛近，意惬朝市赊』句。⑥豆蔻梢头：语出杜牧《赠别》『娉娉袅袅十三余，豆蔻梢头二月初』句。⑦十年梦：语出杜牧《遣怀》『十年一觉扬州梦，赢得青楼薄幸名』句。⑧芜城：指广陵城，旧址在今天江苏江都境内，北宋属于扬州。南朝宋代的竟陵王刘诞曾据广陵谋反，兵败而死，城遂荒芜，鲍照作《芜城赋》以讽之，因得名。唐李商隐《隋宫》有『紫泉宫殿锁烟霞，欲取芜城作帝家』句。

译文 清晨之时，云收雾散，春光顺遂了人们的心愿，一场骤雨才过去，天便晴了。古台花榭上，飞燕踩落了朵朵红花。榆钱仿佛在风中舞蹈得累了，也纷纷从枝头落下。秋千架外，碧绿的河水上涨，几乎与桥梁齐平。在东风吹拂中，在那杨柳畔的红漆大门里，有人在轻轻地弹奏着秦筝。 真是多情的季节啊。在那享乐之处，到处是珍珠首饰、翠羽车盖、美玉辔头、红绒缨饰，逐渐的，金樽中美酒意空，仙境里鲜花娇困。想起当初那『豆蔻梢头二月初』的女子，不禁心中悔恨啊，可叹『十年一觉扬州梦』，细想起来使人心惊。我就这么久久地凭栏而立，却只见远处稀疏的烟雾和淡漠的夕阳，就这般寂寞地向芜城城头坠落下去了。

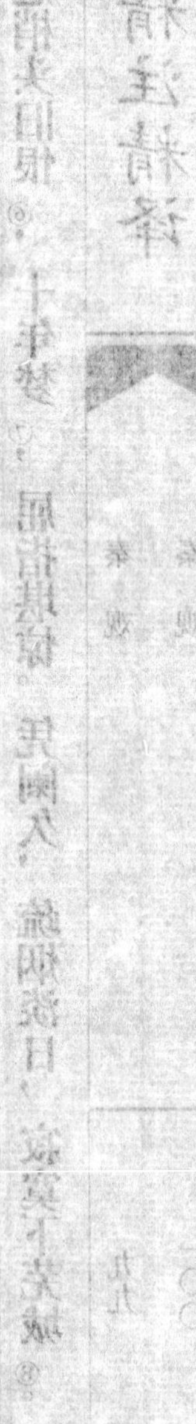

减字木兰花①

天涯旧恨，独自凄凉人不问。欲见回肠，断尽金炉小篆香②。 黛蛾长敛③，任是春风吹不展。困倚危楼，过尽飞鸿字字愁。

注释 ①减字木兰花：词牌名。因用《木兰花》前后起句各减三字而成，故名。双调四十四字。②篆香：即盘香。其形状圆环如篆，故称。香烟升起盘旋曲折貌似篆文，也可称篆香。此处当指后者。③黛蛾：指女子之眉。黛状其色，蛾状其形。

译文 天涯阻隔，我充满新愁旧恨，独自孤苦伶仃，再凄凉也无人关心过问。若问我愁肠什么样，就像铜香炉里的盘旋纡曲的篆纹一般的香。 黛色的蛾眉紧锁长敛，无论怎样温暖的春风，也无法将其吹展。因为愁情太深太浓，她的芳心如同油煎。她困倦慵懒，独自伫立高楼，眼看着一队队排成字形飞过长空的鸿雁，芳心更加忧愁焦烦。

浣溪沙

漠漠轻寒上小楼①，晓阴无赖似穷秋②，淡烟流水画屏幽③。 自在飞花轻似梦，无边丝雨细如愁，宝帘闲挂小银钩④。

注释 ①漠漠：弥漫，无边无际貌。②穷秋：晚秋。③淡烟流水：指画屏上的图景。④宝帘：精美的珠帘。

译文 无边无际的寒意悄悄地爬上小楼，拂晓时阴云惨淡，好像是荒凉的暮秋。彩色屏风上，画着淡烟笼罩流水，也是一片迷蒙隐幽。 悠闲自在的飘飞的杨花，好像梦境般虚幻飘悠，丝丝不断的细雨，如同我排遣不掉的忧愁。万般无奈，我把精美的帘幕挂起，倚在窗前独自凝眸。

阮郎归

湘天风雨破寒初，深沉庭院虚。丽谯吹罢小单于①，迢迢清夜徂。 乡梦断，旅魂孤，峥嵘岁又除②。衡阳犹有雁传书，郴阳和雁无③。

注释 ①丽谯：华丽的城门楼。小单于：唐代乐曲名。②峥嵘：不寻常。③和：连。

译文 湘南的天气多风多雨，风雨正在送走寒气。深深的庭院寂寞空虚。在彩绘小楼上吹奏着《小单于》的乐曲，漫漫清冷的长夜，在寂寥中悄悄地退去。 思乡的梦断断续续，在公馆中感到特别孤独。那种清凉寂寞的情怀实在无法描述。何况这正是人们欢乐团聚的除夕。衡阳还可以有鸿雁传书捎信。这郴阳比衡阳还远，连鸿雁也只影皆无。

鹊桥仙①

纤云弄巧②，飞星传恨③，银汉迢迢暗度④。金风玉露一相逢⑤，便胜却人间无数。

柔情似水，佳期如梦，忍顾鹊桥归路⑥。两情若是久长时，又岂在朝朝暮暮⑦！

注释

①鹊桥仙：词牌名。双调五十六字。②纤云句：意谓缕缕云彩变幻出巧妙的花样。秋云多变幻，俗称『巧云』。以喻织女织出云锦的手艺精巧。旧俗，七夕为乞巧节，『巧』字亦扣七夕。③飞星：指牛郎、织女二星。传恨：流露离别之恨。④银汉句：指牛郎、织女渡银河相会。银汉：银河。⑤金风玉露：秋风白露。旧说以四季分配五行，秋令属金，故秋风曰『金风』。唐李商隐《辛未七夕》诗：『由来碧落银河畔，可要金风玉露时。』⑥忍顾：不忍顾。鹊桥：传说七夕织女渡银河，使鹊为桥。⑦朝朝暮暮：谓朝暮相守，时刻不分离。

译文

纤细轻柔的彩云仿佛在卖弄机巧，牛女二星仿佛在传递他们的幽怨。在七夕的夜晚，她们正在暗暗渡过银河前去见面幽欢。神仙世界中的一次相逢和爱恋，便胜过凡夫俗子的无数次缱绻。温柔的爱情像水一样晶莹，短暂的幽会仿佛梦境一般蒙眬。不忍心回头观望归去时的鹊桥，那实在令人忧心忡忡。两人的情意如果能够天长地久真心相爱，又何必追求日日夜夜都在一起而形影不分？

李甲

李甲（生卒年不详），字景元。秀州华亭（今上海松江）人。哲宗元符年间（1098—1100），曾任武康令。工画，善画翎毛，曾得到当时名画家米芾的赞许。有词集《李景元词》。

帝台春①

芳草碧色，萋萋遍南陌②。暖絮乱红，也似知人，春愁无力。忆得盈盈拾翠侣③，共携赏、凤城寒食④。到今来，海角逢春，天涯为客。

愁旋释，还似织；泪暗拭，又偷滴。漫倚遍危栏，尽黄昏，也只是暮云凝碧⑤。拚则而今已拚了⑥，忘则怎生便忘得！又还问鳞鸿⑦，试重寻消息。

注释

①这首词从春愁写起，抒发对往日情人的深切思念之情。身在天涯，关系已断，但词人却怎么也忘却不了。愁泪之余，还想重续旧好。直赋其事，意象生动。缠绵悱恻，跌宕多姿。②萋萋：茂盛的样子。陌（mò）：田间小路。这里泛指道路。③盈盈：仪态美好的样子。拾翠侣：仙女般的伴侣。语出曹植《洛神赋》。④凤城：古时京都的别称。此指北宋首都汴京。寒食：寒食节，在清明节前一日。⑤暮云凝碧：傍晚碧云凝滞不动。言外之意是，看不见情人。南朝梁江淹《拟休上人怨别》诗：『日暮碧云合，佳人殊未来。』⑥拚（pàn）：割舍，舍弃。⑦鳞：指鲤鱼。鸿：鸿雁。古代有鲤鱼、鸿雁传递书信的说法。

译文 城南路两旁长满茂密的芳草，一片翠绿。温柔的柳絮，轻轻飘舞，纷纷的落花，徐徐坠地。它们也好像知道，我这个游人满怀春愁，精神萎靡。记得当年京城寒食节时，我和姿容姣美的仙女般的伴侣，共同携手游赏，充满柔情蜜意。可如今呢，我漂泊在天涯海角，虽又逢春，却是他乡游子，孤独无依。我心中的愁思，缠绵不已，有时刚刚消融，转眼间却又像网儿密织。我的眼泪流个不停，暗自揩去，却又悄悄下滴。我徒然地倚遍了高楼上的栏杆，整个黄昏，也只是碧云凝聚；我的心上人啊，你眼下在哪里？虽然我现在已割舍了这段情缘，然而怎么就能轻易忘记！我再一次向鲤鱼鸿雁打听，试着重寻她的消息。

忆王孙·春词①

萋萋芳草忆王孙②，柳外楼高空断魂。杜宇声声不忍闻③。欲黄昏，雨打梨花深闭门。

注释 ①这首词或称为李重元所作。李重元，生平事迹不详。词中写闺中女子思念远方丈夫的忧伤心情。兴象玲珑，情致深婉，饶有韵味。末句亦见于秦观《鹧鸪天》词，均能构成浑然的意境。②王孙：贵族子弟。这里指女主人公的丈夫。西汉淮南小山《招隐士》赋：『王孙游兮不归，春草生兮萋萋。』③杜宇：指杜鹃鸟。杜宇传说是古蜀国的帝王，后失国悲伤而死，其魂化为鸟，名杜鹃，鸣声悲切。

译文 我站在柳林外的高楼上远望，思念我的夫君；只见芳草茂密，无边无际，空自悲痛欲绝。杜鹃不住地啼叫，声声凄切，使我不忍心听下去。天快黑了，下起雨来，雨点无情地打击着梨花；我只好把门窗紧紧关上，独自忧愁悲伤。

赵令畤

赵令畤（1051—1134），初字景贶，又字德麟，自号聊复翁。涿郡（今河北蓟县）人。燕王赵德昭玄孙。元祐中签书颍州公事，坐与苏轼交通。绍兴初，袭封安定郡王，迁同知行在大宗正事。著有《侯鲭录》《聊复集》。

蝶恋花①

欲减罗衣寒未去，不卷珠帘，人在深深处。红杏枝头花几许？啼痕止恨清明雨②。尽日沉烟香一缕③，宿酒醒迟，恼破春情绪。飞燕又将归信误，小屏风上西江路。

注释 ①这首词在《全宋词》中还记入晏几道名下，只是具体字句有所出入，当以作者为赵令畤比较准确。②止：此处通『只』，意为仅仅。③沉烟香：指沉香的烟雾和香气。沉香有两义，一是指可入药的瑞香科植物，二是指用某种木材和附着于上的树脂制成的熏香，此处为第二义，又名『沉水香』『水沉香』。

忆王孙·春词①

萋萋芳草忆王孙，柳外楼高空断魂。杜宇声声不忍闻。欲黄昏，雨打梨花深闭门。

赵令畤·

赵令畤（1051—1134），初字景贶，又字德麟，自号聊复翁。涿郡（今河北涿州）人。燕王德昭玄孙。

元祐中签书颍州公事，坐与苏轼交通，罚金。……著有《侯鲭录》《聊复集》。

蝶恋花①

欲减罗衣寒未去，不卷珠帘，人在深深处。红杏枝头花几许？啼痕止恨清明雨②。

尽日沉烟香一缕③，宿酒醒迟，恼破春情绪。飞燕又将归信误，小屏风上西江路。

译文 想要减一些衣服，可春寒还未过去，只得不卷珠帘，把人深深地藏在屋中。枝头的杏花还剩下多少啊？杏花带雨，仿佛是泪痕一般，只恨清明时节的雨来得太无情了。 炉中焚着沉香，我整天凝望着那袅袅升起的一缕香烟。昨夜醉酒，今晨晚醒，不禁恼恨自己破坏了春天的情绪。 飞燕又再次耽搁了远方传来的信笺，我只好望着小屏风，屏风上画着他当初离开时的西江之路。

蝶恋花①

卷絮风头寒欲尽②，坠粉飘香③，日日红成阵④。新酒又添残酒困⑤，今春不减前春恨。 蝶去莺飞无处问，隔水高楼，望断双鱼信⑥。恼乱横波秋一寸⑦，斜阳只与黄昏近。

注释 ①这首词写对远方情人的怀念。春去花落，对方渺无音信，时又黄昏，主人公心中充满忧愁怨恨。巧于移情，兴会淋漓。②絮：柳絮。③粉：花粉。④红成阵：红花成排成片飘落。⑤酒困：即酒病，饮酒过多带来的不适。⑥双鱼信：即书信。古代有双鲤传书的说法。参看秦观《踏莎行》（雾失楼台）注。⑦恼乱：缭乱，纷乱。横波秋一寸：即秋波一寸，喻女子清澈明亮的眼睛。

译文 风头翻卷着柳絮，寒气即将消失；落花天天成片成片地飞舞，花粉坠地，芳香飘逸。今年春天，我的离恨比去年春天没有丝毫减轻；连连借酒浇愁，新喝的酒却又增添了原先残留的酒病。 蝴蝶黄莺都飞去了，无处打听他的消息；我站在水边的高楼上极目远望，怎么也望不到为我捎信的双鲤。我那秋水般的眼睛看花了，缭乱了；夕阳是那么无情，它只管向黄昏走去。

赵令畤

赵令畤

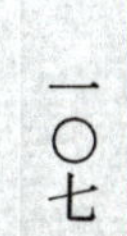

清平乐①

春风依旧，著意隋堤柳②。搓得鹅儿黄欲就③，天气清明时候。 去年紫陌青门④，今宵雨魄云魂。断送一生憔悴，只消几个黄昏⑤。

注释 ①这首词一说为刘弇作。刘弇（1048—1102年），字伟明，号云龙，北宋词人。②隋堤柳：传说隋炀帝开通济渠，于堤畔密植杨柳。别本作「随堤柳」。③鹅儿黄：别本作「蛾儿黄」，即鹅黄色，用以指代新生柳芽。④紫陌青门：紫陌，指京郊的道路，因传说以紫色土铺路而得名；青门，原为汉长安城门，门外有灞桥，汉人常送客至此桥，折柳赠别。这里紫陌青门并举，一说是指京城，一说是指游冶之处。郑嵎《津阳门诗》有「青门紫陌多春风，风中数日残春遗」句。⑤消：别本作「销」。

译文 春风还是那般，最关注隋堤上的杨柳，它仿佛一只大手似的，就在那天晴气朗的时候，搓成了无数鹅黄色的嫩芽。 我们去年还在京郊览胜，今晚却只能于梦中回味那些云雨欢情。从来断送一生，赢得憔悴，只需要几个黄昏就足够了呀。

贺铸

贺铸（1052—1125），字方回，号庆湖遗老，祖籍山阴（今属浙江绍兴），长于卫州（今属河南辉县），文武双全，早年任右班殿值，后来为泗州、太平州通判，晚年退隐不仕。贺铸性格爽朗，豪放不羁，耿介直言，胸怀天下。他能诗善文，词写得尤好。无论是豪放词，还是婉约词，都取得了不小的成就。著有《东山词》。

鹧鸪天

重过阊门万事非①，同来何事不同归？梧桐半死清霜后，头白鸳鸯失伴飞。　原上草，露初晞②。旧栖新垅两依依。空床卧听南窗雨，谁复挑灯夜补衣！

注释　①阊门：这里代指苏州。②晞：干，蒸发。

译文　再次来到苏州，只觉得万事皆非。曾与我同来的妻子为何不能与我同归呢？我好像是遭到霜打的梧桐，半生半死；又似白头失伴的鸳鸯，孤独倦飞。　原野上，绿草上的露珠刚刚被晒干。我流连于旧日同栖的居室，又徘徊于垄上的新坟。躺在空荡荡的床上，听着窗外的凄风苦雨，平添几多愁绪。今后还有谁再为我深夜挑灯缝补衣衫！

青玉案

凌波不过横塘路①，但目送、芳尘去②。锦瑟华年谁与度③？月桥花院，琐窗朱户④，只有春知处。　飞云冉冉蘅皋暮⑤，彩笔新题断肠句⑥。试问闲愁都几许⑦？一川烟草，满城风絮，梅子黄时雨⑧。

注释　①凌波：形容女子走路步态轻盈婀娜。语出曹植《洛神赋》：『凌波微步，罗袜生尘。』横塘：在苏州南十里许。贺铸筑有别墅，常乘扁舟往来其间。见龚明之《中吴记闻》。②芳尘：指美人的行踪。③锦瑟华年：比喻美好的青春时期。李商隐《锦瑟》：『锦瑟无端五十弦，一弦一柱思华年。』④琐窗：雕刻或彩绘有连环形花纹的窗子。⑤蘅皋：长着香草的水边高地。⑥彩笔：传说南朝作家江淹有五色笔，诗文多佳句。后来梦见郭璞向他索还彩笔，从此文思枯竭，写不出好的诗文，人谓『江郎才尽』。⑦都：统统，总共。⑧梅子黄时雨：四五月梅子黄熟，其间常阴雨连绵，俗称『黄梅雨』或『梅雨』。

译文　你那轻盈的步履不肯来到横塘，我依旧在伫立凝望，目送着你带走了芬芳。不知你现在与谁相伴，共同度过锦瑟般美好的时光？在那修着偃月桥的繁花锦簇的院子里，朱红色的小门映着花格的琐窗。但这些只能是我的想象，只有春风才能知道你生活的地方。　满天碧云轻轻飘扬，长满杜衡的小洲已经暮色苍茫。佳人一去就不再复返，我用彩笔写下这伤心的诗行。如果要问我的伤心多深多长，就像这烟雨笼罩的一川青草，

就像这满城随风飘转的柳絮纷纷扬扬，就像梅子黄时的雨水，无边无际，连连续续，迷迷茫茫。

更漏子①

上东门②，门外柳，赠别每烦纤手。一叶落③，几番秋，江南独倚楼。曲阑干④，凝伫久⑤，薄暮更堪搔首？无际恨，见闲愁⑥，侵寻天尽头⑦。

注释

①这首词写久别后对女友的思念。秋日黄昏，独倚高楼，久久远眺，愁恨无尽。言简情深，意境幽远。②上东门：古时洛阳城东面有三门，北边的叫上东门。③一叶落：意谓秋天到了。宋人唐庚《文录》载：「唐人有诗云：『山僧不解数甲子，一叶落知天下秋。』」④阑干：同「栏杆」。⑤凝：凝目远望。伫（zhù）：久立。⑥见：同「现」，眼前的。闲愁：指男女相思之愁。⑦侵寻：渐进，渐至。

译文

上东门外，柳枝飘拂，每每烦你的小手为我折枝赠别。如今树叶开始凋落，又是一个秋天；我们已经离别几个秋天了？我现在正在江南独自倚楼把你眺望。在曲折的栏杆旁，我久久倚立，凝视远方。黄昏来临，我怎能再经受挠头忧伤？眼前这无限的别离恨、相思愁，渐渐飞向天尽头。

薄幸

淡妆多态①，更的的②，频回眄睐③。便认得、琴心先许④，欲绾合欢双带⑤。记画堂、风月逢迎⑥，轻颦浅笑娇无奈⑦。向睡鸭炉边，翔鸳屏里，羞把香罗暗解⑧。自过了烧灯后⑨，都不见、踏青挑菜⑩。几回凭双燕，丁宁深意⑪，却来却恨重帘碍⑫。约何时再，正春浓酒困⑬，人闲昼永无聊赖。厌厌睡起，犹有花梢日在。

注释

①淡妆：别本作「艳真」。②的的：指明媚的样子。③眄睐：即顾盼，指目光左右环视。《古诗十九首》有「眄睐以适意，引领遥相睎」句。④先许：别本作「相许」。⑤欲绾合欢双带：别本作「与写宜男双带」。⑥风月逢迎：别本作「斜月朦胧」。⑦浅笑：别本作「微笑」。⑧向睡鸭炉边，翔鸳屏里，羞把香罗暗解：别本作「便翡翠屏开，芙蓉帐掩，与把香罗偷解」。⑨烧灯：别本作「收灯」，烧灯即指元宵节放灯，收灯指元宵节后，将花灯收起。⑩挑菜：宋代风俗。每年春二三月，百草生发，青年妇女多至郊外挖取野菜，以应时节，供制春盘，称为挑菜，当时并以二月初二日为挑菜节。⑪丁宁：即叮咛。⑫却恨：别本作「翻恨」。⑬酒困：别本作「酒暖」。

译文

她那淡雅的装扮是如此多姿多态，还有眼神明媚，频频地回眸流睐。她懂得琴声中的含义，早早便应许了求爱，想要将两条合欢彩带绾结起来。还记得画堂中清风明月相迎的夜晚，她微蹙眉梢、浅浅含笑，是那般地娇羞无奈。她在睡鸭形的香炉旁，绘有飞翔鸳鸯的屏风里，含羞忍怯，暗中解开了香罗裙带。

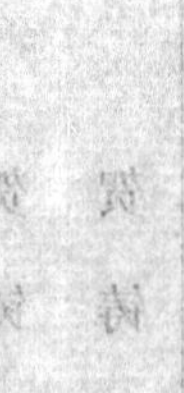

然而自从元宵夜后，直到挑菜节，也见不到情郎前来踏青。她几次想通过双燕来叮咛心头深意，却恨燕子被重重帘幕阻隔，往来困难。何时才能再次密约相会呢？春意正浓，酒添惆怅，人闲无事，白昼漫长，正是百无聊赖之时啊。她恹恹地一觉睡醒，才起身，却看到太阳映照在花枝上面。

浣溪沙①

不信芳草厌老人②，老人几度送余春③。惜春行乐莫辞频。巧笑艳歌皆我意④，恼花颠酒拚君嗔⑤。物情唯有醉中真⑥。

注释 ①这首词是词人暮年从消极意义上参透人生之作，主张恣意行乐，抒写愤世嫉俗之情。真率肆意，淋漓尽致。②芳草：指美丽的春天。③余春：暮春。④巧笑：指女子美好的笑容。艳歌：情歌。⑤颠：同『癫』。拚（pàn）：任凭，不顾惜。嗔（chēn）：怒。⑥物情：世情，人情。

译文 我不相信芬芳美丽的春天会厌弃老年人，老年人曾多少次依依不舍地为暮春送别。珍惜春光吧，赶紧寻欢作乐，莫嫌频繁。美女的笑容，艳丽的情歌，都合我的心意；恼恨花落，疯狂饮酒，不怕你生气。人情只有在沉醉中才显得真实。

浣溪沙①

楼角初消一缕霞，淡黄杨柳暗栖鸦②。美人和月摘梅花。笑捻粉香归洞户③，更垂帘幕护窗纱。东风寒似夜来些④。

注释 ①这首词描绘入夜时分一位美女满怀喜悦摘花入房的形象。她为什么欢喜，因为在她的闺房里，藏着她的心上人。景中含典，比喻微妙；写人叙事，弦外有音。②淡黄杨柳暗栖鸦：喻美人闺房中有她的男友。李白《杨叛儿》诗：『乌啼隐杨花，君醉留妾家。博山炉中沉香火，双烟一气凌紫霞。』③粉香：指白而香的梅花。粉，喻白色。洞户：重重相对相通的门户。指深闺。④些（sā）：句末语气助词。

译文 楼角上刚刚消失掉最后一缕晚霞，一对乌鸦静静栖息在淡黄柳枝的深处。一位美丽的少女带着月色折下梅花一枝，她要把它献给自己的心上人。这时刮起了东风，天气似乎和深夜一样寒凉；她笑吟吟地手捻又白又香的梅花回到深闺，赶紧把门关好，又放下窗帘，把窗纱遮得严严实实。

石州慢

薄雨收寒，斜照弄晴，春意空阔。长亭柳色才黄，倚马何人先折①。烟横水漫，映带几点归鸿，东风销尽龙沙雪②。犹记出关来，恰如今时节。将发，画楼芳酒，红泪清歌，顿成轻别。回首经年，

然而自从分别之后，直到现在也不知何时能再相见，[illegible]

重重远山阻隔，[illegible]春日正浓，[illegible]人闲无事，[illegible]

无聊赖之时，也深深地思念着她。[illegible]

浣溪沙①

不信芳春厌老人②，老人几度送余春③。惜春行乐莫辞频。巧笑艳歌皆我意④，恼花颠酒拼君嗔⑤。物情惟有醉中真⑥。

注释

①这首词是词人春末所作，[illegible]主张惜春行乐。[illegible]②芳春：美好的春天。③余春：残春，春末。④巧笑：美好的笑容。⑤颠：同"癫"，狂。拼（pàn）：不顾惜，甘心。嗔（chēn）：怒。⑥物情：人情。

翻译

我不相信美好的春天会厌弃老人，老人已多少次欢送春天的离去。[illegible]赶快去尽情行乐。美女的巧笑，艳丽的歌声，都合我的心意，恼花颠酒，不怕你恼怒。人情只有在醉中才是真的。

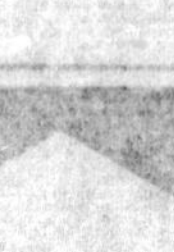

浣溪沙①

楼角初消一缕霞，淡黄杨柳暗栖鸦②。美人和月摘梅花。笑捻粉香归洞户③，更垂帘幕护窗纱。东风寒似夜来些④。

注释

①这首词描绘的是入夜时分一位美女摘花入房的景象。[illegible]景中含情，比喻巧妙，写人叙事，意外有音。②淡黄杨柳暗栖鸦：[illegible]李白《杨叛儿》诗："……乌啼隐杨花，君醉留妾家。博山炉中沉香火，双烟一气凌紫霞。"③粉香：指白色的梅花。洞户：室与室相通的门户，指深闺。④些（suò）：句末语气助词。

翻译

楼角上刚刚消失最后一缕晚霞，一对鸟雀静静栖息在淡黄柳枝的深处。一位美丽的少女在月色下摘花一枝，她想起了自己的心上人。这时刮起了东风，天气像深夜一样寒凉，她连忙手拿着香的梅花回到深闺，把门关好，又放下窗帘，把窗纱遮得严严实实。

石州慢

薄雨收寒，斜照弄晴，春意空阔。长亭柳色才黄，倚马何人先折①。烟横水漫，映带几点归鸦，东风消尽龙沙雪②。还记出关来，恰如今时节。将发，画楼芳酒，红泪清歌，顿成轻别。回首经年，杳杳音尘都绝。欲知方寸，共有几许新愁？芭蕉不展丁香结。憔悴一天涯，两厌厌风月。

注释 ①倚马：指行人已经准备好出发。先折：即送别。②龙沙：指塞外的荒漠。

译文 小雨过后略有轻寒，夕阳斜照，天空放晴，春意分外空旷辽阔。长亭边的柳枝刚露嫩黄，就不知是谁牵马先已采折。烟霭漫空，春水融融，水天间有归鸿几点，东风已化尽了荒原雪。还记得当年出关北上，恰也是而今这个时节。

想那次将出发分手时，她在画楼饯行，红泪伴着清歌，霎时我们就轻易相别。到如今已过一年，她杳无踪影，音信断绝。要知道我的内心，一共有多少新愁，就像那不舒展的芭蕉和丁香结。独自一人在天涯，风月两地都苦闷愁郁。

感皇恩

兰芷满汀洲，游丝横路。罗袜尘生步，迎顾。整鬟颦黛①，脉脉两情难语。细风吹柳絮，人南渡。

回首旧游，山无重数。花底深朱户，何处？半黄梅子，向晚一帘疏雨②。断魂分付与，春将去③。

注释 ①鬟：古时妇女的一种发式。②向晚：傍晚。③春将去：把春带去。

译文 兰草芷草长满了汀洲，重重游丝横挡小路。她步履轻盈走来，一边走一边看，略整发髻，愁皱双眉，我俩深情相望默默无语。微风吹得柳絮纷飞，只见她登上小舟向南行去。回头看那旧游之地，只有无数

山峦连绵起伏。百花深处的红楼，如今在何处？梅子已经半黄，傍晚又落下一阵细雨。我这断肠心，只好交给那暮春带去。

蝶恋花①

几许伤春春复暮，杨柳清阴，偏碍游丝度。天际小山桃叶步②，白蘋花满湔裙处③。竟日微吟长短句，帘影灯昏，心寄胡琴语。数点雨声风约住④，朦胧淡月云来去。

注释 ①这首词写伤春念远之情。恋人远在天边，词人来到她以前洗裙之处，心中涌起无限的愁思，但无可奈何，唯有吟词弹琴以寄意。意象空灵，寄托深微。结语以景，韵味悠然。②桃叶：人名，东晋书法家王献之的爱妾。这里借指词人的恋人。步：行走。③湔（jiān）：洗。④约：约束，控制。住：停止。

译文 多少次悲伤春天的逝去，而今年的春天又要过去了。杨柳的团团清荫，虽然可爱，可它们却偏偏妨碍那游丝的自由飘荡。天边的小山，隐隐约约，仿佛是我的心上人在那里漫步；我站在她从前洗涤衣裙的河边，这里如今开满了白蘋花，勾引起我无限的愁思。

整日里我低声吟咏着怀念她的词作；夜幕渐渐降临，在昏暗的灯光帘影里，我弹起胡琴，把思念之情寄托在悠悠的琴声之中。深夜，稀疏的雨声被风制止了，天空月色朦胧，片片云彩飘来飘去。

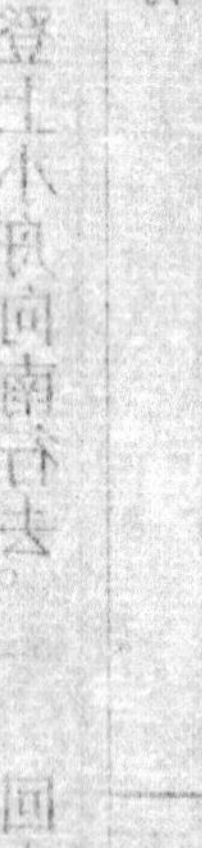

天门谣·登采石蛾眉亭①

牛渚天门险②，限南北、七雄豪占。清雾敛，与闲人登览③。 待月上潮平、波滟滟，塞管轻吹新《阿滥》④。风满槛，历历数、西州更点⑤。

注释 ①采石蛾眉亭：采石即采石矶，在安徽当涂牛渚山下，牛渚山面临长江，山势险要，其北部突入江中，即名采石矶，为古时大江南北重要津渡、军家必争之地。蛾眉亭便建在采石矶上。②牛渚天门：即牛渚山与天门山。《太平寰宇记》载：『牛渚山，在（当涂）县北三十五里，突出江中，谓为牛渚圻，古津渡处也。』又说：『天门山，在（当涂）县西南三十里。有二山夹大江，东曰博望，西曰天门。』也有说两山隔江相对如门，古称天门山。③与：这里是赐予之意。④《阿滥》：笛曲《阿滥堆》，王灼《碧鸡漫志》说：『《中朝故事》：「骊山多飞禽，名阿滥堆。明皇御玉笛采其声，翻为曲子名，词左右皆传唱之，播于远近，人竞以笛吹之。」故张祜诗云：「红树萧萧阁半开，玉皇曾幸此宫来。至今风俗骊山下，村笛犹吹阿滥堆。」』⑤西州：古城门，其址在今天的江苏南京西。

译文 牛渚、天门，形势险竣，隔断南北，遂有七雄争抢豪夺。如今清新的云雾收敛了，使闲游之人得以登临浏览。 等到明月初上，江面潮平，波光潋滟，便可用羌管轻轻吹响新谱的《阿滥堆》曲。那时候凉风布满了各处栏杆，从西州传来的更鼓声也历历在耳，可以屈指细数了吧。

天香

烟络横林，山沉远照，逦迤黄昏钟鼓。烛映帘栊，蛩催机杼①，共苦清秋风露。不眠思妇，齐应和、几声砧杵。惊动天涯倦宦，骎骎岁华行暮②。 当年酒狂自负，谓东君③、以春相付。流浪征骖北道，客樯南浦，幽恨无人晤语。赖明月、曾知旧游处，好伴云来，还将梦去。

注释 ①蛩催机杼：蛩即蟋蟀，又名『促织』，所以说它『催机杼』。②骎骎：指马疾行貌，引申为迅捷。③东君：本为古代楚地的日神，屈原《九歌》中即有《东君》一章，后变义为司春之神。如王初《立春后作》：『东君珂佩响珊珊，青驭多时下九关。方信玉霄千万里，春风犹未到人间。』

译文 烟雾缭绕在大片丛林中，高山沉浸于夕阳远照，逦迤传来黄昏时的钟鼓声。烛光映照在帘幕上，蟋蟀鸣叫，似在催促纺织，它们都因此清秋之时的寒冷风露而感到凄苦。思妇难以入眠，远近砧杵捣衣之声齐相应和。这些景致、声响，惊动了我这个天涯旅人、宦途倦客，于是顿感韶光流逝，疾若奔马，年已将暮。 想当年我把酒痛饮，疏狂自负，还以为东君已将春光完全交付。谁想四处流浪，或骑马北上，或乘舟南下，这般幽怨惆怅，无人可与言表。幸亏明月了解我旧游之情啊，它伴随浮云而来，又随着魂梦而去。

天门谣·登采石蛾眉亭①

牛渚天门险②，限南北、七雄豪占。清雾敛，与闲人登览③。　待月上潮平波滟滟，塞管轻吹新《阿滥》④。风满槛，历历数、西州更点⑤。

注释 ①采石蛾眉亭：采石即采石矶，在今安徽当涂县牛渚山下。牛渚山西临长江，山势险峻。其北部突入江中，即为采石矶。蛾眉亭在采石矶上。②牛渚天门：即牛渚山和天门山。《太平寰宇记》载："牛渚山，在（当涂）县北三十五里，突出江中，谓之牛渚圻，古津渡处也。"又说："天门山，在（当涂）县西南三十里。有二山夹大江，东曰博望，西曰梁山，二山隔江相对如门，古称天门山。"③与闲人登览：使悠闲之人得以登临游览。④《阿滥》：曲调名，即《阿滥堆》。王灼《碧鸡漫志》说："《中朝故事》：'骊山多飞禽，名阿滥堆。明皇御玉笛采其声，翻为曲子名，左右皆传唱之，播于远近，人竞以笛效之。'张祜诗云：'红树萧萧阁半开，上皇曾幸此宫来。至今风俗骊山下，村笛犹吹阿滥堆。'"⑤西州：古城门，其址在今江苏南京西。

译文 牛渚、天门，形势险要，隔断南北，曾被七雄争夺占据。如今清雾消散，使悠闲之人得以登临游览。待明月升上，江潮平伏，波光潋滟，边塞的管笛轻吹新曲《阿滥堆》。

凉风吹满栏杆，从西州传来的更鼓声历历在耳，可以清楚地数了吧。

天香

烟络横林，山沉远照，逦迤黄昏钟鼓。烛映帘栊，蛩催机杼①，共苦清秋风露。不眠思妇，齐应和、几声砧杵。惊动天涯倦宦，骎骎岁华行暮②。　当年酒狂自负，谓东君③、以春相付。流浪征骖北道，客樯南浦，幽恨无人晤语。赖明月、曾知旧游处，好伴云来，还将梦去。

注释 ①蛩催机杼：蛩，蟋蟀。蟋蟀又名"促织"，故云"蛩催机杼"。②骎骎：指马疾行貌，比喻光阴迅速。③东君：本指古代传说中的日神。屈原《九歌》中即有《东君》一章。后来又被当作春之神。如王初《立春后作》："东君珂佩响珊珊，青驭多时下九关。方信玉霄千万里，春风犹未到人间。"

译文 烟雾缭绕在大片丛林中，高山沉没于夕阳远照，逦迤传来黄昏时的钟鼓声。烛光映照在帘幕上，蟋蟀鸣叫，像在催促织布，人们共同在清秋风露中苦苦度过。思妇难以入眠，应和着声声砧杵声响。这声音惊动了我这个天涯倦宦，使我感到岁月飞快，年华将暮。当年我酒醉狂放自负，认为司春之神会将春光全交付于我。谁料如今漂泊四方，北上骑着马儿，南下乘着客船，这种幽恨无人诉说。幸亏明月曾知道我旧游之处，伴着云彩而来，又随着梦境而去。

望湘人①

厌莺声到枕，花气动帘，醉魂愁梦相半。被惜余薰②，带惊剩眼③，几许伤春春晚。泪竹痕鲜④，佩兰香老⑤，湘天浓暖。记小江风月佳时，屡约非烟游伴⑥。须信鸾弦易断⑦，奈云和再鼓⑧，曲终人远。认罗袜无踪⑨，旧处弄波清浅⑩。青翰棹舣⑪，白蘋洲畔⑫，尽目临皋飞观⑬。不解寄、一字相思，幸有归来双燕。

注释

①这首词写词人对远去情人的思念。鸾弦易断，曲终人远，音信全无，使词人伤春怨春，寻觅旧踪，恋念不已。心理刻画，细致深婉。笔势顿挫，余味辛酸。②薰：香气。③剩眼：腰带扣好后外余的孔眼。④泪竹：即斑竹。相传舜帝南巡而死，舜的两个妃子娥皇、女英，追赶不及，泪洒竹枝，因成斑竹。这里指眼泪。⑤香老：香气衰退。⑥非烟：步非烟，唐小说中人物名。唐河南府功曹参军武功业的小妾，容貌纤丽，善音乐，通诗文。这里借指恋人。⑦鸾弦：接续的断弦。这里指再交的情人。古代传说：汉武帝时西海献鸾胶，用它来黏结断了的弓弦，连射终日而不断。后来称男子续娶为续弦或鸾胶再续。⑧奈：奈何，无奈。云和再鼓：指重新结交已经历过恋情的情人。云和，古时琴、瑟等乐器的代称。鼓，弹奏。⑨罗袜：指情人远去的步履。⑩旧处：指从前同游之处。⑪青翰：一种船。船上有翰形刻饰，涂以青色，因称『青翰』。翰，雉类鸟，也叫『锦鸡』。棹（zhào）：船桨。舣（yǐ）：附船着岸。⑫白蘋洲：周边长满白蘋的小洲。古诗词中常用以指送别之地。⑬皋：水边高地。

译文

我讨厌那婉转的莺声传到枕边，我讨厌那芬芳的花气随风掀动窗帘，我的沉醉的灵魂和愁苦的梦境紧紧相伴。我珍惜她在被子上留下的余香，我吃惊自己越来越瘦，腰带上剩出那么多孔眼。多少次悲伤春天逝去，可如今又是春色已晚。湘水边的天气已经很暖；我在泪竹上新洒下眼泪，泪痕未干；我身上佩戴的兰花，芳香衰残。还记得在那风清月明的最佳时节，我常常约我的心上人携手漫游在小河岸边。应相信，重新结合的情侣容易拆散。怎奈何再嫁再娶，琴瑟再弹，曲子弹罢人已走远。我辨认她走去的步履，却踪迹不见；来到往日同游的地方，波上荡舟，河水清浅。我摇着小船，停靠在白蘋洲畔，登上水边高地极目遥望，望眼欲穿。她怎么就不知道寄来哪怕是一个字的信函，向我表一表相思的心愿。幸而去年那一双燕子又飞回来了，稍稍宽慰我的孤寂的心田。

绿头鸭

玉人家①，画楼珠箔临津②。托微风彩箫流怨，断肠马上曾闻。宴堂开、艳妆丛里，调琴思③、认歌颦。麝蜡烟浓，玉莲漏短，更衣不待酒初醺。绣屏掩、枕鸳相就④，香气渐暾暾⑤。回廊影、疏钟淡月，

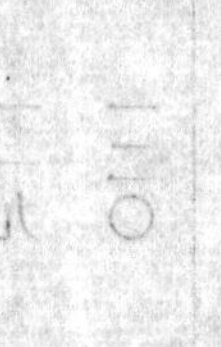

几许消魂？翠钗分⑥、银笺封泪，舞鞋从此生尘，任兰舟、载将离恨，转南浦、背西曛⑦。记取明年，蔷薇谢后，佳期应未误行云。凤城远⑧、楚梅香嫩⑨，先寄一枝春。青门外⑩，只凭芳草，寻访郎君。

注释 ①玉人：对钟爱女子的昵称。②珠箔：珠帘。③琴思：琴曲中的情思。④枕鸳：即鸳枕，绣有鸳鸯的枕头。⑤暾暾：本指日光温暖明亮，此处指香气浓。⑥翠钗：翠色的头钗，即碧玉钗。⑦曛：落日的余光。⑧凤城：即有凤阙之城，旧时京师的别称。⑨楚梅：楚地的梅花。用南朝陆凯赠范晔诗意。⑩青门：汉长安城东南门，本名霸城门，因门色青，时呼为青门。此处借指京师汴梁。

译文 那位美人的家，临近渡口的江边，画楼上挂着珠帘。轻轻的风中，悠扬的箫声中含着哀怨。我骑在马上，曾经听到过这种声音，当时就很伤感。华堂中排起盛宴，在那众多的美人丛中，凭着琴声里的情感，凭着那微微皱眉的样态，我就认出了她的颜面。心有灵犀，她也在眉眼中暗把情传。我们来到华美的雅间，麝香味浓情意款款，只恨玉漏频滴黑夜太短。我们赶忙着更衣，等不及喝得酒酣。把绣花的屏风紧掩，鸳枕上我们情意缱绻缠绵，仿佛已经魂销魄散，屏风中香气氤氲，那气氛，真是香浓热烈温馨绵软。回廊中静悄悄，淡淡的月光里伴有稀疏的钟声回环。这样的时刻，真令人百般留恋。

自从她赠我碧玉钗分手之后，我们就再也无法见面。她寄给我的信笺，上面都是泪痕涟涟。信上说自从与我分别，她再也没心歌舞饮宴，任那

双漂亮的舞鞋上灰尘落满。我则任凭那只小船，载着满怀的离愁别恨，驶向海角天边。我们都牢牢记着当时的话语，明年的蔷薇花凋谢之后，我们再重续前欢。谁也别误了这美好的时间。这里离京师非常遥远，楚国的梅花已经开始绽放，我先寄你一枝南国的春天。料想到在青门之外，你还会凭借青春的芳草，去寻访我们欢爱幽会的前缘。

仲殊

仲殊（生卒年不详），字师利，祖籍安州（今属湖北安陆）。俗姓张，名挥，法号仲殊。性情狂放，出家后曾住苏州承天寺、杭州宝月寺，与苏轼是好友。颇有文采，擅长填词，其词豪爽洒脱，语言清丽委婉。有《宝月词》传世。

南柯子·忆旧

十里青山远，潮平路带沙。数声啼鸟怨年华，又是凄凉时候在天涯。白露收残月，清风散晓霞。绿杨堤畔问荷花：记得年时沽酒那人家？

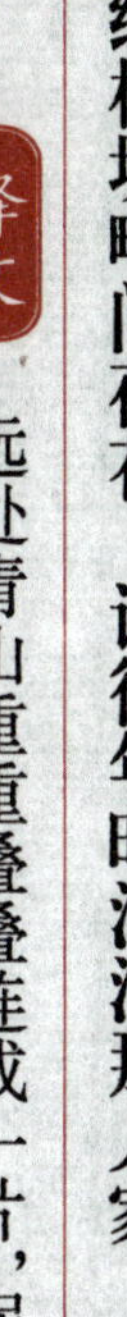

译文 远处青山重重叠叠连成一片，泥沙被涌起的潮水推到路边。啼鸟鸣叫，仿佛在埋怨年华易逝，在这

凄凉时节我又独自漂泊在天涯。白露冷冷，残月渐收，微微晨风吹开了天边的朝霞。在绿杨堤畔，忽然看见满塘盛开的荷花，于是问荷花：『你还记得那年在此买酒的那个人吗？』

晁补之

晁补之（1053—1110），字无咎，号归来子，济州巨野（今属山东）人。元丰二年（1079）进士。历仕秘书省正字、校书郎、礼部郎中及地方官职等，曾两度被贬。文章温润典缛，亦工诗词。著有《鸡肋集》《晁氏琴趣外编》。

水龙吟·次韵林圣俞《惜春》

问春何苦匆匆，带风伴雨如驰骤。幽葩细萼，小园低槛，壅培未就①。吹尽繁红，占春长久，不如垂柳。算春常不老，人愁春老，愁只是、人间有。春恨十常八九，忍轻辜、芳醪经口②。那知自是，桃花结子，不因春瘦。世上功名，老来风味，春归时候。纵樽前痛饮，狂歌似旧，情难依旧③。

注释 ①壅培：施肥培土，《管子·轻重甲》有『次日大雨且至，趣芸壅培』句。②芳醪：甘甜的美酒，袁峤之《兰亭》有『激水流芳醪，豁尔累心散』句。③纵樽前痛饮，狂歌似旧，情难依旧：别本作『最多情犹有，樽前青眼，相逢依旧』。

译文 我问春天，你的脚步何苦如此匆促呢？带着风，挟着雨，竟然如同奔马一般疾驰。那些美丽的花瓣、纤嫩的花萼，在小小的园圃中，在低低的栏杆旁，土还没有培好哪，结果被风雨打落满地，它们所拥有的春天，还没有垂柳长久呢。想来春天你是不会老的，人们忧愁春天老去，但忧愁这种情绪，也只在人间才有。人们十之八九都会产生春恨，怎忍心轻易抛弃美酒在口的日子呢？谁又能明白桃花落尽是为了结籽，并不是因为春天将尽而愁损容颜。这世上的功名利禄啊，人到老年的感受啊，就仿佛是春天结束的时候。就算端着美酒痛饮狂歌，情境仿佛昨日，但此时的情感，却已经和昨日大不相同了。

忆少年·别历下

无穷官柳①，无情画舸②，无根行客③。南山尚相送，只高城人隔。罨画园林溪绀碧④，算重来，尽成陈迹。刘郎鬓如此，况桃花颜色。

注释 ①官柳：大道旁的柳树。②画舸：画船。③无根：形容四处飘游、行踪无定。④罨（yǎn）画：色彩鲜明的绘画。绀（gàn）：深红之色。

译文 官道两旁杨柳成行一望无垠，画船无情地挂起远航的征帆，游子在外四处流浪漂泊不定。南山尚有

[illegible]。 自嗟衰矣，[illegible]。[illegible]

看见满城盛开的桃花，于是问桃花：「你还记得那年在此共醉的那个人吗？」

晁补之

晁补之（1053—1110），字无咎，号归来子，济州巨野（今属山东）人。元丰二年（1079）进士。历任吏部员外郎、礼部郎中及地方官职等。曾两度被贬。文章温润典缛，亦工诗词。著有《鸡肋集》《晁氏琴趣外篇》。

水龙吟·次韵林圣予《惜春》

问春何苦匆匆，带风伴雨如驰骤。幽葩细萼，小园低槛，壅培未就①。吹尽繁红，占春长久，不如垂柳。算春常不老，人愁春老，愁只是、人间有。 春恨十常八九，忍轻孤、芳醪经口②。那知自是，桃花结子，不因春瘦。世上功名，老来风味，春归时候。纵樽前痛饮，狂歌似旧，情难依旧③。

注释 ①壅培：[illegible]。《[illegible]》[illegible]。②[illegible]。③[illegible]。

译文 我问春天，[illegible]。[illegible]

忆少年·别历下

无穷官柳①，无情画舸②，无根行客③。南山尚相送，只高城人隔。 罨画园林溪绀碧④，算重来、尽成陈迹。刘郎鬓如此，况桃花颜色。

注释 ①官柳：大道旁的柳树。②画舸：画船。③[illegible]。④罨（yǎn）画：[illegible]。绀（gàn）：[illegible]。

译文 [illegible]

风流子①

木叶亭皋下②，重阳近③，又是捣衣秋④。奈愁入庾肠⑤，老侵潘鬓⑥，漫簪黄菊⑦，花也应羞。楚天晚⑧，白蘋烟尽处⑨，红蓼水边头⑩。芳草有情，夕阳无语，雁横南浦⑪，人倚西楼⑫。 玉容知安否⑬？香笺共锦字⑭，两处悠悠⑮。空恨碧云离合⑯，青鸟沉浮⑰。向风前懊恼，芳心一点，寸眉两叶，禁甚闲愁⑱。情到不堪言处⑲，分付东流。

注释

①这首词写对家乡妻子的思念。深秋黄昏，音信久绝，使身在楚地的词人十分愁苦，情不堪言。情景浑融，用典浑成，兴象超妙，臻于化境。②亭：平。皋：水边高地。③重阳：重阳节，阴历九月九日，是古代亲友聚会的重要节日。④捣衣：捶打衣服或衣料。古时人们常在秋天捣洗制作寒衣。⑤奈：怎奈。庾肠：指思念家乡之心。庾，指庾信，南北朝时著名文学家，他本梁人，晚年羁宦北周，常思念故国。⑥潘鬓：指青壮年的鬓发。西晋潘岳在《秋兴赋》中说：『余春秋三十有二，始见二毛。』意谓三十二岁头发就开始变白，有了黑白两种头发。⑦漫：随意。簪：插戴的意思。⑧楚：古楚地，在今湖北、湖南一带。⑨白蘋：一种水草，俗称田字草，夏秋开白花。⑩红蓼：一年生草本植物，生长水边，茎节状膨大，紫红色。⑪浦：水边。⑫人：指词人怀念的妻子。⑬玉容：女子美丽的面容。⑭香笺（jiān）：书信的美称。锦字：指妻子写给丈夫的书信。

参看柳永《曲玉管》注。⑮悠悠：渺茫难见。⑯碧云离合：喻晴阴不定。⑰青鸟：古代神话传说中西王母的使者。后来诗词中常借指信使。⑱禁：当，受。⑲不堪：不忍，不能。

译文

河边高地上树叶纷纷落去，重阳节临近了，又是捣制寒衣的深秋天气。无奈忧伤袭入了我思乡的心肠，衰老又侵入我中年的鬓上，随便在鬓边插上黄菊，菊花也会感到羞愧难当。楚地的天空已近黄昏时光，我站在长满白蘋、红蓼的烟雾尽处、江水岸旁，向远方眺望。无边的芳草似乎充满情意，它连着远方我的故乡；夕阳沉沉下坠，默默无语，似乎也为我忧伤。雁群横卧在南岸水边，没有给我带来任何消息；我心爱的人儿，想必正凭倚西楼向我怅望。

美丽的人儿啊，不知你玉体是否安康？我寄给你的香笺、你寄给我的锦字书，却怎么两地渺茫？空恨那碧云时离时合，阴晴不定；青鸟时飞时停，不把音信畅通。我正临风而立，心中烦忧；想你那一颗温馨的心，两道柳叶似的眉，怎受得了相思之愁？深情到了不能用言辞表达的时候，那就只好付之江水，任其东流。

毛滂

毛滂，字泽民，衢州江山（今属浙江）人。元祐初，为杭州法曹，受知于苏东坡。后出蔡下之门。

风流子①

木叶亭皋下②，重阳近③，又是捣衣秋④。奈愁入庾肠⑤，老侵潘鬓⑥，谩簪黄菊⑦，花也应羞。楚天晚⑧，白蘋烟尽处⑨，红蓼水边头⑩。芳草有情，夕阳无语，雁横南浦⑪，人倚西楼⑫。

玉容知安否⑬？香笺共锦字⑭，两处悠悠⑮。空恨碧云离合⑯，青鸟沉浮⑰。向风前懊恼，芳心一点，寸眉两叶，禁甚闲愁⑱。情到不堪言处⑲，分付东流。

注释

①这首词写对家乡妻子的思念。深秋黄昏，音信久绝，使身在楚地的词人十分愁苦，情不堪言。情景浑融，用典浑成，兴象超妙，臻于化境。②亭：平。皋：水边高地。③重阳：重阳节，阴历九月九日，是古代亲友聚会的重要节日。④捣衣：捶打衣服，或衣杵。古时人们常在秋天捣洗制作寒衣。⑤奈：怎奈。庾肠：指思念家乡之心。庾，指庾信，南北朝时著名文学家，他本梁人，晚年羁宦北周，常思念故国。⑥潘鬓：指青壮年的鬓发。西晋潘岳在《秋兴赋》中说："余春秋三十有二，始见二毛。"意谓三十二岁头发就开始变白，有了黑白两种头发。⑦谩：随意。簪：插戴的意思。⑧楚：古楚地，在今湖北、湖南一带。⑨白蘋：一种水草。俗称田字草，夏秋开白花。⑩红蓼：一年生草本植物，生长水边，茎节状膨大，带红色。⑪浦：水边。⑫人：指词人怀念的妻子。⑬玉容：女子美丽的面容。⑭香笺（jiān）：书信的美称。锦字：指妻子写给丈夫的书信。

参看柳永《曲玉管》注⑮。⑮悠悠：渺茫难见。⑯碧云离合：喻晴阴不定。⑰青鸟：古代神话传说中西王母的使者。后来诗词中常借指信使。⑱禁：忍受。⑲不堪：不忍，不能。

译文

河边高地上树叶纷纷落去，重阳节临近了，又是捣制寒衣的深秋天气。无奈忧伤侵入了我思乡的心肠，衰老又侵入我中年的鬓上；随便在鬓边插上黄菊，菊花也会感到羞愧难当。楚地的天空已近黄昏时光，我站在长满白蘋、红蓼的烟雾尽处、江水岸旁，向远方眺望。无边的芳草似乎充满情意，它连着远方我的故乡；夕阳沉沉下坠，默默无语，似乎也为我忧伤。雁群横卧在南岸水边，没有给我带来任何消息；我心爱的人儿，想必正凭倚西楼向我张望。

美丽的人儿啊，不知你玉体是否安康？我寄给你的香笺、你寄给我的锦字书，却怎么两地漂泊？空恨那碧云时离时合，阴晴不定；青鸟时飞时停，不把音信沟通。我正临风而立，心中烦忧：想念你那一颗温馨的心，两道柳叶似的眉，怎受得了相思之愁；深情到了不能用言辞表达的时候，那就只好付之江水，任其东流。

毛滂

毛滂，字泽民，衢州江山（今属浙江）人。元祐初，为杭州法曹，受知于苏东坡。后出蔡京之门。

元符二年（1099）知武康县，就县舍改筑东堂。故以名集。词风潇洒明润，以清疏见长。有《东堂集》传世。

惜分飞·富阳僧舍作别语赠妓琼芳①

泪湿阑干花著露②，愁到眉峰碧聚。此恨平分取，更无言语、空相觑。 断雨残云无意绪③，寂寞朝朝暮暮。今夜山深处，断魂分付、潮回去。

注释 ①这首词的题目，别本作『富阳僧舍代作别语』，言为代作，并且无赠妓语。②阑干：这里是指纵横的样子。③断雨残云：别本作『短雨残云』。

译文 离别之际，你泪流纵横，就仿佛鲜花沾着露水一般，愁意凝聚，眉尖紧锁，又仿佛苍翠的远山峰峦相聚。但你要知道，离别之恨，你我各得到了一半啊，我们空自默默地凝望着对方，竟然一句话也说不出来。云雨之梦已然残损，从此做什么事情都提不起兴趣来了，寂寞将在每个白天和夜晚都伴随着我们。今夜，我会在这深山之中，把已经残破的梦魂交付给浪潮，让它随浪而去，回到你的身边。

陈克

陈克（1081—？），字子高，自号赤城居士，天台（今属浙江）人。绍兴中为敕令删定官。词格艳丽。有《天台集》，不传。今存辑本《赤城词》。

菩萨蛮

赤阑桥尽香街直，笼街细柳娇无力。金碧上青空①，花晴帘影红。 黄衫飞白马②，日日青楼下。醉眼不逢人，午香吹暗尘。

注释 ①金碧：本意为中国画颜料中的泥金、石青和石绿，这里是指代『金碧辉煌』的建筑物。②黄衫：隋唐时少年的华贵之服，王建《春来曲》中即有『黄衫白马带尘土，逢著探春人却回』句。这里是指纨绔子弟。

译文 红栏桥梁的尽头，是一条香风阵阵的笔直大路，路边垂柳娇弱无力，笼罩着整条街道。金碧辉煌的楼台直插蓝天，晴天里的繁花映着帘栊的影子，红艳一片。 身穿黄衫的少年骑着白马啊，天天来往于青楼之下。他们迷醉的双眼根本瞧不起人，正午的浓香则激起层层昏暗的尘土。

菩萨蛮

绿芜墙绕青苔院，中庭日淡芭蕉卷。蝴蝶上阶飞，烘帘自在垂。 玉钩双语燕①，宝甃杨花转②。

几处簸钱声③，绿窗春睡轻。

注释 ①玉钩：嵌玉的帘钩。②宝甃：精美的井台。甃，砖砌的井壁。③簸钱：唐宋时的一种游戏，多为女人所玩。

译文 绿树环绕着院墙，青苔生满了庭院。庭院中一片寂静，日光淡淡，芭蕉半卷。蝴蝶在台阶上飞舞，绣户下垂着挡风的香帘。玉钩上落着双燕，仿佛在细语交谈。装饰精美的井栏处，几团杨花在轻盈地飘转。不时地传来簸钱游戏的声音，绿窗中的美人仍在甜蜜的梦中，睡意正酣。

李元膺

李元膺，东平人。生平未详，约与蔡京同时。词存《乐府雅词》中。

洞仙歌

一年春物，惟梅柳间意味最深，至莺花烂漫时，则春已衰迟，使人无复新意。余作《洞仙歌》，使探春者歌之，无后时之悔。

雪云散尽，放晓晴池院。杨柳于人便青眼①。更风流多处，一点梅心，相映远，约略颦轻笑浅。

一年春好处，不在浓芳，小艳疏香最娇软。到清明时候，百紫千红花正乱，已失春风一半。早占取、韶光共追游②，但莫管春寒，醉红自暖。

注释 ①青眼：正目而视，眼多青。表示对人的尊重，与白眼相对。此处喻指柳叶乍生时的形状。②韶光：美好的时光，多指春光。

译文 带雪的云气尽行飘散，拂晓时的晴日照临庭院。杨树柳树已生出细叶，仿佛向世人投来青眼。一点点梅花的花心色彩幽淡，在远处相映相衬，风流标致而情趣盎然，宛如美人在轻轻皱眉，露出浅笑的笑脸。一年春光最美丽的时候，不在于万紫千红百花争艳，而在于疏梅点点，那种淡淡的香气又娇又软。等到清明时节，姹紫嫣红百花烂漫，美好的春光已失去一半。早些去享受领略春光吧，让我们共同出去游览。不要担心什么春寒，等美酒喝得红了脸，自然便会感到全身温暖。

时彦

时彦（？—1107），字邦彦，开封（今属河南）人。元丰二年（1079）进士第一。官终吏部尚书。存词仅一首。

几处簸钱声③，绿窗春睡轻。

【注释】①玉纤：女子的手指。②双靥：指美女的两颊。靥，指面颊的酒窝。③簸钱：唐宋时的一种游戏，多为女人所玩。

【译文】绿杨林外莺声啼啭，青苔上满是落花。庭院中一片寂静，日光淡淡，香熏半消。[illegible]绣户下垂着挡风的香帘。[illegible]不时地传来簸钱游戏的声音。绿窗中的美人仍在甜蜜的梦中，睡意正酣。

李元膺

李元膺，东平人。生平未详。约元祐末在京师。词存《乐府雅词》中。

洞仙歌

一年春物，惟梅柳间意味最深。至莺花烂漫时，则春已衰迟，使人无复新意。余作《洞仙歌》，使探春者歌之，无后时之悔。

雪云散尽，放晓晴庭院。杨柳于人便青眼①。更风流多处，一点梅心，相映远，约略颦轻笑浅。

一年春好处，不在浓芳，小艳疏香最娇软。到清明时候，百紫千红花正乱，已失春风一半。早占取、韶光共追游②，但莫管春寒，醉红自暖。

【注释】①青眼：正目而视，眼多青。表示对人的尊重，与白眼相对。此处借指春柳刚生出的嫩芽。②韶光：美好的时光，多指春光。

【译文】雪后的云已经消散，晴朗的阳光照满庭院。杨柳好像对人青睐有加。一点点梅花的花心分外娇艳，在远处相映，好像美人在轻轻皱眉，露出浅浅的笑容。

一年春光最美丽的时候，不在于万紫千红百花争艳，而在于梅花点点，那种淡淡的香气又娇又软。到了清明时节，万紫千红百花争艳，春光已经去了一半。早些去享受这美好春光吧，让我们共同出去游玩。不要担心什么春寒，举美酒喝得醉红一片，自然就会感到全身温暖。

时彦

时彦（？—1107），字邦美，开封（今属河南）人。元丰二年（1079）进士第一。官至吏部尚书。存词仅一首。

青门饮

胡马嘶风，汉旗翻雪，彤云又吐，一竿残照。古木连空，乱山无数，行尽暮沙衰草。星斗横幽馆，夜无眠、灯花空老。雾浓香鸭①，冰凝泪烛，霜天难晓。 长记小妆才了②，一杯未尽，离怀多少。醉里秋波，梦中朝雨，都是醒时烦恼。料有牵情处，忍思量、耳边曾道。甚时跃马归来，认得迎门轻笑？

注释 ①香鸭：指鸭形香炉，和凝《宫词》有『香鸭烟轻蕙水沉，云鬟闲坠凤犀簪』句。②小妆：别本作『晓妆』。

译文 胡地的战马迎风而嘶，汉家的旌旗映雪翻飞，天边再次喷吐出暗红色云霞，残阳滑落到一竿高处。古老的树木直耸云霄，纵横的山峦无穷无尽，我在其间行进，踏遍了暮色下的沙漠和枯败时的草原。当繁星在寂静的馆舍上空升起啊，我整夜难眠，任凭灯花白白地燃尽。香炉里升起浓重的烟雾，烛泪落下，竟然凝结如冰，这般寒冷的夜晚啊，要何时才能够破晓呢？ 我还记得分别之时，你匆匆地梳妆过后赶来送别，一杯饯行酒还没能喝完，就惹起了多少离愁别绪啊。你那酒醉时动人的秋波，还有我睡梦里虚幻的情爱，醒来以后只能平添烦恼。想来你也一定在牵挂着我吧，我真不忍心去回想，你曾经在我耳边这般说道：『要什么时候你才能催马回来，一眼便看到我微笑着在门边迎接你呢？』

晁冲之

晁冲之，生卒年不详，字叔用。晁补之从弟。南宋藏书家晁公武之父。终生无功名。授承务郎。绍圣初，党争激烈，冲之亦坐党籍。隐居河南禹县具茨山下。著有《具茨集》。有《晁叔用词》一卷，不传。今有赵万里辑本。

临江仙①

忆昔西池池上饮②，年年多少欢娱。别来不寄一行书③。寻常相见了，犹道不如初④。 安稳锦衾今夜梦⑤，月明好渡江湖。相思休问定何如⑥。情知春去后，管得落花无⑦？

注释 ①这首词写当时宗派政治对友谊的摧残以及作者的不满情绪；但他以豁达的态度处之。上片质直，下片婉曲；结用妙比，饶有风趣。②西池：汴京西池，即金明池，在今河南省开封市西。③别来：指受新党迫害，朋友们被迫分散，贬谪到各地。④犹道：犹是，仍是。⑤锦：彩色丝织品。衾（qīn）：被子。⑥定：究竟。何如：指遭遇如何。⑦无：用同『否』『么』。

译文 回忆从前年年在金明池上聚饮，真是充满了友谊和欢乐。但是，自从被迫分别以来，彼此一封短信也不敢寄了；即使平常偶尔相见，也是不像当初那么亲热、随便。 今夜安安稳稳在锦被里做一个好梦，

趁着月明正好渡越江湖去和朋友相会。尽管平时苦苦相思，但是，见面休问对方究竟遭遇如何。明明知道春天过去的情景，又何必过问落花的命运！

李之仪

李之仪（约1035—1117），字端叔，晚号姑溪居士、姑溪老农。沧州无棣县（在今山东省）人。神宗熙宁三年（1070）进士。历任枢密院编修官等职。有词集《姑溪词》。

谢池春①

残寒消尽，疏雨过、清明后。花径款余红，风沼萦新皱。乳燕穿庭户，飞絮沾襟袖。正佳时仍晚昼，著人滋味②，真个浓如酒。频移带眼③，空只恁厌厌瘦④。不见又思量，见了还依旧，为问频相见，何似长相守。天不老，人未偶，且将此恨，分付庭前柳⑤。

注释 ①谢池春：词牌名，双调九十字。②著人：惹人喜爱。③带眼：皮带的眼孔。沈约与徐勉书：「老病百日数旬，革带常应移孔。」④厌厌：同「恹恹」，精神不振貌。⑤分付：交付。

译文 残留的寒意完全消尽，一阵疏雨刚刚消歇，又到了清明以后。花园小径中还有一些残花，风吹池塘，水面上轻细的波纹如同纱的褶皱。未退黄嘴丫的乳燕穿过院门，轻盈飘飞的柳絮沾上了襟袖。这时恰恰是最好的光景，暮春黄昏时候。让人感受到的那种滋味，真如浓香的美酒。连续地移动腰带的孔眼，凭空里为何总是这样瘦。不见面又想念，见了面还是依旧，还要痛苦地分手。这种情形令人更加难受。我要问你，频繁地相见，哪能抵得上长相厮守？天因无情永远不会衰老，人因多情青春会轻易逝去，却偏偏不能成双成偶。姑且把这种幽恨，交付给庭院前的杨柳，让它们也分担一些我的忧愁。

卜算子①

我住长江头，君住长江尾。日日思君不见君，共饮长江水。此水几时休②？此恨何时已③？只愿君心似我心，定不负相思意。

注释 ①这首词写男女相思之情。久隔两地，相思难见，怅恨不已，唯愿彼此忠诚不渝，寄结合于将来。江水牵情，构思精巧，语言流丽而真率，有民歌之风。②休：罢休，不流动。③已：停止，消失。

译文 我住在长江的上流，你住在长江的下游。我天天都在把你思念，可却没法见到你的颜面。尽管我们喝的是一江之水，却要承受相思的煎熬。此水什么时候不再奔流，我的相思什么时候才能止休。但愿你的心与我一样，定不会辜负对方的终日凝愁。

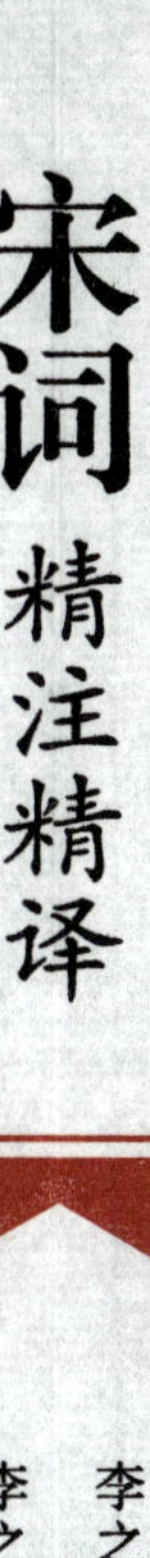

天涯过去的情景，又何必在问落花的命运！

趁着月明正好泛舟江湖去与相好朋友相会。尽管平时苦苦相思，但是，见面休问对方究竟遭遇如何。明明知道

李之仪

李之仪（约1035—1117），字端叔，号姑溪居士，自号姑溪老农。沧州无棣（在今山东省）人。熙宁三年（1070）进士。历任枢密院编修官等职。有词集《姑溪词》。

谢池春①

残寒消尽，疏雨过，清明后。花径敛余红，风沼萦新皱。乳燕穿庭户，飞絮沾襟袖。正佳时仍晚昼，著人滋味②，真个浓如酒。

频移带眼③，空只恁厌厌瘦④。不见又思量，见了还依旧。为问频相见，何似长相守。天不老，人未偶。且将此恨，分付庭前柳⑤。

【注释】

①谢池春：词牌名，双调九十字。②著人：惹人喜爱。③带眼：皮带的眼孔。沈约与徐勉书：“百日数旬，革带常应移孔。”④厌厌：同“恹恹”，精神不振貌。⑤分付：交付。

【译文】

残留的寒意完全消尽，一阵疏雨刚刚过去，又到了清明以后。在园中小径中还有一些残花，风吹池水面上轻细的游丝如同沙纹的波纹。未退黄毛的乳燕穿过庭门，轻盈飘飞的柳絮沾上了衣袖。这时恰好的光景，暮春黄昏时候，让人感受到的那种滋味，真如浓香的美酒。连续地移动腰带的孔眼，在空里为何总是这样瘦。不见面又想念，见了面还是依旧，还要痛苦地分手。这种情形令人更加难受。我要问你，频繁地相见，哪能抵得上长相厮守？天因无情永远不会衰老，人因多情青春会悄悄流去，却偏偏不能成双。姑且把这种离恨，交付给庭院前的杨柳，让它们也分担一些我的忧愁。

卜算子①

我住长江头，君住长江尾。日日思君不见君，共饮长江水。此水几时休②？此恨何时已③？只愿君心似我心，定不负相思意。

【注释】

①这首词写男女相思之情，久隔两地，相恋难见，离恨不已，唯愿彼此忠诚不渝，寄希望于未来。江水奔情，构思精巧，语言流丽而真率，有民歌之风。②休：罢休，不流动。③已：停止，消失。

【译文】

我住在长江的上游，你住在长江的下游。我天天都在把你思念，可却无法见到你的颜面。尽管我们喝的是一江之水，却要承受相思的煎熬。此水什么时候不再奔流，我的相思什么时候才能止休。但愿你的心与我一样，定不会辜负对方的这番相思意。

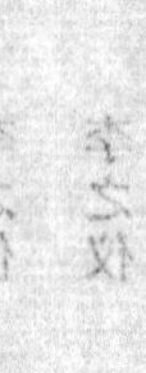

周邦彦

周邦彦（1056—1121），字美成，号清真居士，钱塘（今浙江杭州人）。神宗时为太学生，献《汴都赋》歌颂新法，被擢为太学正。居五年，出为庐州教授，知溧水县，还京为国子主簿。徽宗朝仕至徽猷阁待制，提举大晟府。出知顺昌府，徙处州，提举南京鸿庆宫，卒。邦彦精通音律，在大晟府审古乐，制新调，对词乐的提高和发展有一定贡献。词风典丽精工，形象丰满，格律严谨。今传《片玉集》，又名《清真集》。

瑞龙吟

章台路，还见褪粉梅梢，试花桃树①。愔愔坊曲人家②，定巢燕子，归来旧处。

暗凝伫，因念个人痴小③，乍窥门户。侵晨浅约宫黄④，障风映袖，盈盈笑语。

前度刘郎重到，访邻寻里，同时歌舞，唯有旧家秋娘⑤，声价如故。吟笺赋笔，犹记《燕台》句⑥。知谁伴，名园露饮，东城闲步？事与孤鸿去⑦，探春尽是，伤离意绪。官柳低金缕⑧，归骑晚，纤纤池塘飞雨。断肠院落，一帘风絮。

注释

①试花：指花蕾初绽。②愔愔：指幽深寂静貌。韩愈《送浮屠令纵西游序》有「愔愔乎深而有归」句。坊曲：别本作「坊陌」，指倡家。③个人：即那人、伊人。痴小：痴是指天真，痴小指天真且年轻。④侵晨：近似于清晨，指黎明前后。浅约宫黄：古代女子涂抹在额头作为装饰的黄色颜料称为「宫黄」，涂抹宫黄的

举动称为「约黄」，浅约宫黄是指梳淡妆。⑤秋娘：唐代对歌伎的惯称，如白居易《琵琶引》有「曲罢曾教善才伏，妆成每被秋娘妒」句。⑥犹记《燕台》句：李商隐《柳枝》诗序云：「柳枝，洛中里娘也……余从昆让山，比柳枝居为近，他日春曾阴，让山下马柳枝南柳下，咏余《燕台》诗。柳枝惊问：「谁人有此？谁人为是？」让山谓曰：「此吾里中少年叔耳。」柳枝手断长带，结让山为赠叔乞诗……」⑦事与孤鸿去：杜牧《题安州浮云寺楼寄湖州张郎中》有「恨如春草多，事与孤鸿去」句，此处借用。⑧金缕：原意为金丝，借指翠嫩的柳条，戴叔伦《长亭柳》诗有「雨搓金缕细，烟袅翠丝柔」句。

译文

走在章台路上，又见梢头梅花残败、桃花初绽。前往探访的倡家是如此幽深寂静，只有从前在此筑巢的燕子，又飞回旧家来了。

我黯然地伫立着、凝望着，想起当日情景，那人还是如此的青春娇小、天真烂漫，才刚开门迎客。正是清晨，她梳着淡妆，用袖子遮风挡脸，娇媚可人地边说边笑。

「前度刘郎今又来」。我又回来了呀，但是探访她的左邻右舍，当初和她一起歌舞献艺的，只有原来的秋娘还在，并且名声和身价都没有变。当初她就像柳枝因为一首《燕台》诗而倾慕李商隐一般，为我的诗词而倾倒。如今再有谁能陪伴我在名园中露天而饮，在东城内闲游散步呢？往事已随孤飞的鸿雁一般去无踪迹了，想要探访春光，反倒引发了离愁别绪。官道旁的杨柳垂下丝丝嫩枝，我等到很晚才骑马归去，只见池塘上飘飞着细细的小雨。

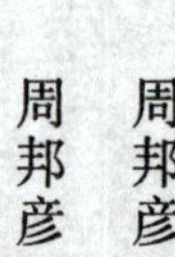

那使我断肠的院落啊，却只有风吹柳絮，扑卷着门帘。

风流子

新绿小池塘，风帘动、碎影舞斜阳。羡金屋去来①，旧时巢燕；土花缭绕，前度莓墙②。绣阁里、凤帏深几许？听得理丝簧③。欲说又休，虑乖芳信；未歌先噎，愁近清觞④。遥知新妆了，开朱户、应自待月西厢。最苦梦魂，今宵不到伊行⑤。问甚时说与，佳音密耗，寄将秦镜，偷换韩香？天便教人，霎时厮见何妨！

注释　①金屋：原是金屋藏娇中的金屋，这里指闺阁。②土花：苔藓。莓墙：长满青苔的墙。③丝簧：借代管弦乐器。④清觞（shāng）：清酒。觞，盛有酒的杯子。⑤伊行（xíng）：她那里。

译文　清新的绿波涨满了小池塘，风儿吹得那帷帘摇摇晃晃，细碎的帘影舞动映着斜阳。羡慕燕子在闺房飞去飞来，旧日的归燕筑巢在那屋梁；绿色苔藓又伸延又是缭绕，在前番长过青苔的那高墙。她的闺房绣凤帏帐有多深？竟可以听得到她吹奏丝簧。幽怨欲言又只怕误了佳音；未唱歌先抽咽清酒也厌愁。远远就知道她梳理了新妆，推开窗该是等明月照西厢。遗憾的是梦中也无法陪她。何时才能向她倾诉订密约，寄予她明镜偷换她的异香？天公啊就与人行个方便吧，叫我们相见片刻又有何妨！

兰陵王

柳阴直，烟里丝丝弄碧。隋堤上、曾见几番，拂水飘绵送行色。登临望故国，谁识、京华倦客？长亭路、年去岁来，应折柔条过千尺。闲寻旧踪迹，又酒趁哀弦，灯照离席，梨花榆火催寒食。愁一箭风快，半篙波暖，回头迢递便数驿，望人在天北。凄恻，恨堆积。渐别浦萦回①，津堠岑寂②，斜阳冉冉春无极。念月榭携手，露桥闻笛。沉思前事，似梦里，泪暗滴。

注释　①别浦：原指银河，这里借指分别的水路。②津：渡口。堠（hòu）：古代察看敌情的土堡。津堠，指码头上可供守候、住宿的处所。

译文　路边杨柳的阴影绵延而笔直，烟雾里丝丝垂条泛起了绿波。在隋堤上曾经多少次看到过，拂流水飘飞絮送别那些旅客。登上高坡遥望杭州我的故乡，谁能理解我客居京城的苦涩？十里长亭道路年去年来送行，攀折柳条寄别情该有千尺多。　无所事事闲来寻思旧日踪迹，曾趁着凄哀的弦音举杯敬酒，华灯照着那离别时候的宴席，梨花榆柳新火催促清明到来。离愁萦怀啊航船顺风像飞箭，半竿竹篙劈开了温暖的波面，回头之间便驶过了几座驿站，望眼送行人就在正北的天边。　凄哀悲凉啊愁恨在心中堆积。人渐渐地离去送别河岸弯弯，津渡的土堡之上是一片静寂，斜阳渐渐西沉春色绚丽无际。想起月下水榭之边携手欢愉，还在

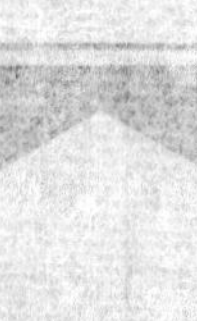

夜露凝结的桥头听笛曲。深沉地思念那些难忘的往事，恰似在梦里暗暗洒下了泪滴。

琐窗寒①

暗柳啼鸦②，单衣伫立③，小帘朱户。桐花半亩，静锁一庭愁雨。洒空阶，夜阑未休，故人剪烛西窗语。似楚江暝宿④，风灯零乱，少年羁旅。

迟暮，嬉游处，正店舍无烟，禁城百五⑤。旗亭唤酒⑥，付与高阳俦侣⑦。想东园，桃李自春，小唇秀靥今在否⑧？到归时，定有残英，待客携尊俎⑨。

注释 ①这首词写词人久居京城暮年思归的情怀。时值寒食，无心饮酒，遥想故国，一往情深。思绪纵横，曲折尽情。结语淡雅，味之无极。②暗柳：指柳树枝叶茂密。③伫（zhù）立：久立。④楚江：指长江中游一带，古属楚国。暝（míng）：夜晚。⑤禁城：帝城，京城。百五：冬至后一百〇五天，即寒食节。⑥旗亭：酒楼。⑦高阳俦（chóu）侣：指嗜酒之徒。用秦汉之际郦食（yì）其（jī）的故事。郦食其往见刘邦，自称高阳酒徒。高阳，古乡名，在今河南省杞县西南。俦侣，伴侣。⑧小唇秀靥（yè）：指故乡旧时恋人。靥，面颊上的微窝。⑨客：词人自指。尊：酒器。俎（zǔ）：古代祭祀时盛牛羊的礼器。这里泛指盛肉食的器皿。

译文 浓密的柳荫里乌鸦啼叫着，我身穿单衣，久久地站立在挂着小帘的红漆门前。半亩桐花，静静地笼罩在满院愁雨之中。雨不停地下着，滴在空荡荡的台阶上，到夜深还没有停止。想象中，老友和我坐在西窗下，

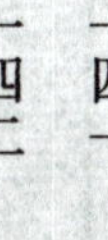

剪着烛花，诉说着作客异乡的滋味。这景况真好像我年轻时漂泊外地一样，那时我夜宿在楚地江边，长夜难眠，灯火在风中飘忽不定。 如今我衰老了，旅居京城，又赶上过寒食节，游玩之处，所有店舍正断炊烟。酒楼饮酒之事我已经没有兴致了，都让给高阳酒徒们吧。遥想我家东园，春天到来桃李自会争芳吐艳，只是我那樱桃小口面带酒窝的意中人，不知道是否仍然健在？到我回家时，想必枝头还有残留的花朵，等待我这个游子携带酒肴前去观赏。

六五·蔷薇谢后作①

正单衣试酒，怅客里、光阴虚掷。愿春暂留，春归如过翼，一去无迹。为问花何在？夜来风雨，葬楚宫倾国②。钗钿堕处遗香泽③，乱点桃蹊，轻翻柳陌。多情为谁追惜？但蜂媒蝶使④，时叩窗槅⑤。

东园岑寂，渐蒙笼暗碧⑥。静绕珍丛底，成叹息。长条故惹行客⑦，似牵衣待话，别情无极。残英小，强簪巾帻⑧，终不似、一朵钗头颤袅⑨，向人欹侧⑩。漂流处，莫趁潮汐⑪。恐断红、尚有相思字⑫，何由见得？

注释 ①这首词借咏花落后的蔷薇，抒发缠绵的伤别之情。以花喻人，人花相恋，极写对意中人的思念。妙于想象和联想，曲折婉转，富有情致。②楚宫倾国：即楚宫美女，喻蔷薇。以『倾国』指美女，源自汉乐府《李

夜深淋沥的析头所唱曲。深沉而思念那些难忘的往事，恰似在梦里暗暗滴下了泪滴。

琐窗寒①

暗柳啼鸦②，单衣伫立③，小帘朱户。桐花半亩，静锁一庭愁雨。洒空阶、夜阑未休，故人剪烛西窗语。似楚江暝宿④，风灯零乱，少年羁旅。迟暮。嬉游处。正店舍无烟，禁城百五⑤。旗亭⑥唤酒，付与高阳俦侣⑦。想东园、桃李自春，小唇秀靥今在否⑧？到归时、定有残英，待客携尊俎⑨。

注释 ①这首词写词人久居京城暮年思归的情怀。时值寒食，无心欢赏酒国，一往情深。思绪曲折尽情。语浅情缠，来之无极。②暗柳：指柳树枝叶繁密。③伫（zhù）立：久立。④楚江：指长江中游一带古楚国。暝（míng）：夜晚。⑤禁城：京城。百五：冬至后一百○五天，即寒食节。⑥旗亭：酒楼。⑦高阳俦（chóu）侣：指嗜酒之徒。用秦汉之际郦食其（yì jī）的典故。郦食其见刘邦，自称高阳酒徒。高阳，古乡名，在今河南省杞县西南。俦，伴，侣。⑧小唇秀靥（yè）：指代昔日恋人。靥，面颊上的酒窝。⑨客：词人自指。尊：酒器。俎（zǔ）：古代祭祀时盛牛羊的礼器。这里泛指盛肉食的器皿。

译文 柳荫深处乌鸦在啼叫，我身穿单衣，久久伫立在挂着小帘的朱门前。半亩桐花，静锁在满院愁雨之中。雨不停地下着，滴在空空的台阶上，到夜深还没有停止。就像和故友在西

剪着烛芯，在西窗下说着往年故乡的旧事。这景况真好像我在年轻时漂泊在外地一样，那时我夜宿在楚地江边，灯火在风中飘忽不定。如今我已老了，旅居京城，又赶上寒食节，游玩之处，所有店舍都正断酒楼沽酒之事我已经没有兴致了，都交给高阳酒徒们吧。遥想我家东园，春天到来桃李自会年年开放，只是我那樱桃小口面带酒窝的意中人，不知道是否依然健在？到我回家时，想必枝头还有残留的花朵，会等待着我这个游子携带酒肴前去观赏。

六丑·蔷薇谢后作①

正单衣试酒，怅客里、光阴虚掷。愿春暂留，春归如过翼，一去无迹。为问花何在？夜来风雨，葬楚宫倾国②。钗钿堕处遗香泽③，乱点桃蹊，轻翻柳陌。多情为谁追惜？但蜂媒蝶使④，时叩窗槅⑤。东园岑寂，渐蒙笼暗碧⑥。静绕珍丛底，成叹息。长条故惹行客⑦，似牵衣待话，别情无极。残英小、强簪巾帻⑧，终不似、一朵钗头颤袅⑨，向人欹侧⑩。漂流处、莫趁潮汐⑪。恐断红、尚有相思字，何由见得？

注释 ①这首词借咏花落后的蔷薇，抒发漂泊的伤别之情。以花喻人，人花相恋，妙在杯意中人欲要于自家不来也，曲折婉转，含有情致。②楚宫倾国：即楚宫美女，喻蔷薇。以"倾国"指美女，源自汉

延年歌》：「北方有佳人，绝世而独立。一顾倾人城，再顾倾人国。」③钗钿（chāi diàn）：一种首饰，钗上镶着金玉等制成的花朵。这里比喻蔷薇花瓣。香泽：化妆用的脂膏。这里指花香。④蜂媒蝶使：蜜蜂蝴蝶常在花丛中飞来飞去，所以古诗词中常把它们称作花的媒人和使者。⑤窗槅（gé）：窗户上的雕花格子。⑥蒙笼：草木茂密的样子。⑦惹：招引，挑逗。行客：词人自指。⑧簪：插戴。帻（zé）：包头巾。⑨颤袅（niǎo）：颤动摇曳。⑩人：作者自指。欹（qī）侧：倾斜。⑪趁：追逐，赶。潮汐：潮水早称潮，晚称汐。⑫断红：指零落的花瓣。相思字：指心上人题写的思念自己的字句。用唐代红叶题诗的典故。唐代有宫女题诗红叶，表达向往人间正常婚姻生活的愿望，投入御沟流出，后被人拾到，竟成姻缘。

译文

我正身着单衣初尝新酒，只恨在这漂泊异乡之时，把光阴白白浪费了。我多么希望春天暂时停留一下，可是春天急匆匆归去，像飞过眼前的小鸟儿一样，一去渺无踪迹。请问蔷薇花哪里去了？夜里袭来风雨，把这楚宫美女似的蔷薇花给葬送了。那钗钿般美丽的美瓣坠落的地方，还留着芳香，她纷乱地点缀着桃树间的小路，又随风在柳荫道上轻轻翻卷。谁是那多情的人，去追逐、惋惜她呢？只有作为花媒花使的蜜蜂和蝴蝶，有时叩打着我的雕花窗格，向我传递蔷薇花落的信息。 东园里变得沉寂了，花木渐渐枝叶茂密，呈现出浓绿的颜色。我静静地绕着令人珍爱的蔷薇花丛徘徊，不停地叹息。它长长的枝条挂住我的衣服，好像有意招引我，牵着我的衣襟要和我说话，那伤别的情意，绵绵无际。枝上还有残留的小花，勉强可以插在头巾上，但终究不如原先盛开的花朵插在心上人的宝钗上，轻轻颤动着向我的胸前倾斜。那漂流在水上的蔷薇花瓣啊，你千万不要去追逐早晚的潮水；恐怕那上边还有我心上人写的相思字句，倘若被潮水冲走，我怎么能见到呢？

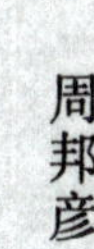

夜飞鹊

河桥送人处，凉夜何其①？斜月远坠余辉②。铜盘烛泪已流尽，霏霏凉露沾衣③。相将散离会④，探风前津鼓⑤，树杪参旗⑥。花骢会意⑦，纵扬鞭、亦自行迟。 迢递路回清野，人语渐无闻，空带愁归。何意重经前地⑧，遗钿不见，斜径都迷。兔葵燕麦，向残阳、影与人齐⑨。但徘徊班草⑩，欷歔酹酒⑪，极望天西。

注释

①凉夜何其：典出《诗经·小雅·庭燎》「夜如何其？夜未央」句，这里「其」是语助词，无实义。②远坠：别本作「远堕」。③霏霏：原意为雨雪繁盛，后指雨雪般飘洒、飞扬。贾至《铜雀台》有「抚弦心断绝，听管泪霏霏」句。④相将：将近、行将，为宋元口语。⑤津鼓：渡口的更鼓。⑥树杪参旗：树杪即树梢。参旗是星名，属毕宿，共九星，在参星西，又名「天旗」「天弓」。杨炯《浑天赋》有「天陵积尸之肃杀，参旗九斿之部伍」句。⑦花骢：骢是指青白杂毛的马，今名「菊花青」。花骢，别本也作「华骢」。⑧重经

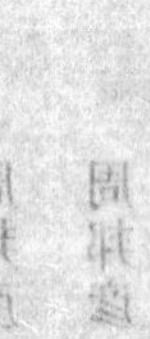
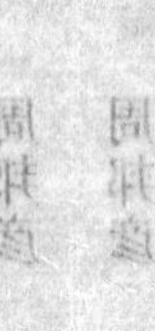

前地」：别本作「重红满地」。⑨影与人齐：别本作「欲与人齐」。⑩班草：又名「班荆」，本意为铺草而坐，后引申为朋友相遇，共坐谈心。陶潜《饮酒》有「班荆坐松下，数斟已复醉」句。⑪欷歔：今作唏嘘，指叹息。齐己《荆渚病中，因思匡庐，遂成三百字，寄梁先辈》有「相随几汩没，不了堪欷歔」句。

译文 我在河桥边送人，空中斜挂的明月已开始坠落，散发着层层余辉。铜盘中蜡烛已经燃尽，四处飘洒的冰凉的露水沾湿了衣襟。这美好的夜晚啊，不知已到了什么时候？离别的宴会即将散了啊，这才注意到风中传来渡口更鼓，树梢也升起参旗九星。所骑的花马了解我的心意，就算再怎么挥鞭，它仍然缓缓前行。逐渐行入清冷的旷野，前路是如此漫长，朋友的话语声逐渐都听不到了，我只得带着愁绪返回。料想不到啊，我竟来到上次一起经过的地方，但不仅她所遗落的钗钿难以寻觅，就连分岔的小路也都迷失了。兔葵和燕麦在斜阳的映照下，影子和人一样高。我在曾经共坐谈心的地方徘徊，叹息着举起酒杯遥祭，极目远眺西方的天际。

满庭芳·夏日溧水无想山作①

风老莺雏，雨肥梅子，午阴嘉树清圆②。地卑山近，衣润费炉烟③。人静乌鸢自乐，小桥外、新绿溅溅④。凭栏久，黄芦苦竹⑤，疑泛九江船⑥。

年年，如社燕⑦，飘流瀚海⑧，来寄修椽⑨。且莫思身外，长近尊前。憔悴江南倦客，不堪听、急管繁弦⑩。歌筵畔，先安枕簟⑪，容我醉时眠。

注释 ①宋哲宗元祐八年（1093年），周邦彦就任溧水（今江苏溧水）令，此词当在任内所作。无想山，又名无相山，溧水境内名胜。②嘉树：指美丽的树木，刘禹锡《早夏郡中书事》有「华堂对嘉树，帘庑含晓清」句。别本作「佳树」。③费炉烟：用炉火来熏衣除湿，别本作「费垆烟」。④溅溅：流水之声，这里作平声。⑤黄芦苦竹：语出白居易《琵琶行》「住近湓江地底湿，黄芦苦竹绕宅生」句。⑥疑泛九江船：别本作「拟泛九江船」。⑦社燕：燕子春社时来，秋社时去，故有「社燕」之称。羊士谔《郡楼晴望》有「地远秦人望，天晴社燕飞」句。⑧瀚海：本意为浩瀚的大海，指北方大湖（或曰即今呼伦湖、贝尔湖或贝加尔湖），后引申为北方广大地区，转意为沙漠。陶翰《出萧关怀古》有「孤城当瀚海，落日照祁连」句。⑨修椽：长长的屋椽。⑩急管繁弦：急促的管乐和繁复的弦乐，形容各种乐器同时演奏的热闹情景。⑪枕簟：枕头和竹席，别本作「簟枕」。

译文 雏莺在风中渐渐变老，梅子因雨水滋润而肥大，大树在正午时投射下清凉的圆形树阴。这里地势较低，又靠近山，经常要用炉烟来除去衣衫上的湿气。人们闲静，乌雀也自得其乐，小桥外溪流新涨，绿水潺潺。我久久地凭栏而望，满眼只见黄芦苦竹，不禁产生了白居易《琵琶行》所咏的悲怆情怀。　这一年年啊，

我就像燕子似的，漂流过瀚海大漠，来到这屋椽上栖身。还是别去想那些身外之事，不如痛饮求醉吧。我是憔悴的江南倦游之客，不忍心听那些热闹而繁杂的音乐啊。还是在歌舞筵席前安排好枕头竹席，且容许我喝醉后倒头就眠吧。

过秦楼①

水浴清蟾②，叶喧凉吹，巷陌马声初断。闲依露井③，笑扑流萤④，惹破画罗轻扇。人静夜久凭栏，愁不归眠，立残更箭⑤。叹年华一瞬，人今千里，梦沉书远。　空见说鬓怯琼梳，容消金镜⑥，渐懒趁时匀染⑦。梅风地溽⑧，虹雨苔滋，一架舞红都变⑨。谁信无聊为伊，才减江淹⑩，情伤荀倩⑪。但明河影下⑫，还看稀星数点。

注释　①过秦楼：词牌名。又名选冠子、选官子、惜余春慢等。双调一百一十一字。②清蟾：代指月亮。传说中月亮中蟾蜍，故云。③露井：没有盖的井。④笑扑流萤：杜牧《秋夕》：『银烛秋光冷画屏，轻罗小扇扑流萤。』⑤更箭：古代漏壶中立箭，箭上有刻度以标示时间。⑥金镜：古代以铜为镜，故曰『金镜』。⑦匀染：均匀地敷粉，即梳妆打扮。⑧梅风：初夏黄梅季节，风中有潮气。⑨舞红：风中舞动的红花。此处指蔷薇花。⑩江淹，据《南史·江淹传》载，江淹少年时曾梦见有人送给他一支彩色笔，故很有文才。后来

梦见郭璞索还其笔，自此诗才锐减，人称江郎才尽。⑪荀倩：《世说新语·惑溺》载，荀奉倩（名粲）对妻子曹氏感情深笃。冬天，妻子病热，他故意到庭院中使自己体凉，再回屋用自己的身体为妻子降温。妻子死后，荀奉倩悲伤不已，不久也死，年仅二十九岁。⑫明河：指银河。

译文　圆圆的月亮，在清澈的水波中荡漾。风吹秋树的残叶，沙沙作响，带来阵阵的清凉。大街之上，车马的声音渐渐消歇，一片寂静而没有声响。我和你悠闲地依偎在井栏旁，说着悄悄话，心情格外愉悦欢畅。你笑着去扑飞动的萤火虫，弄坏彩画的轻罗小扇，当时那种又娇又嗔的俏模样，实在令我喜爱怀想。如今我孤独凄凉，在静夜中久久凭栏凝望，忧愁悲伤而不想回房，站立着听那滴漏的声响。感叹年华转眼就已经逝去，如今来到千里外的穷乡僻壤。就连书信都杳无踪影，梦境也都是虚幻渺茫。　空自听说你神情憔悴，鬓发见稀而心中胆怯懒得照镜梳妆。也无心追赶时髦，把自己打扮得容颜发光。此时梅雨潮湿，到处是青苔苍苍。一架蔷薇花也零落枯黄。有谁能相信我是为了你才如此惆怅，是为了你而像江淹那样才华消减，是为了你而像荀倩那样极度悲伤？只见银河迷迷茫茫，稀疏的几个小星在闪闪发光。

花犯①

粉墙低，梅花照眼②，依然旧风味。露痕轻缀，疑净洗铅华③，无限佳丽。去年胜赏曾孤倚，冰

盘同燕喜④。更可惜、雪中高树，香篝熏素被⑤。今年对花最匆匆，相逢似有恨，依依愁悴⑥。吟望久，青苔上，旋看飞坠。相将见、翠丸荐酒⑦，人正在、空江烟浪里。但梦想、一枝潇洒，黄昏斜照水⑧。

注释

①花犯：词牌名，为周邦彦首创。双调一百零二字。②照眼：映入眼帘，非常显眼。③净洗铅华：形容梅花淡雅素净，不同桃李之浓艳。④冰盘同燕喜：指用梅子荐酒。韩愈诗：『冰盘夏荐碧脆实。』⑤香篝：即熏香之笼。⑥愁悴：即忧愁憔悴。⑦翠丸：又作『脆丸』，均可，指梅子。⑧黄昏斜照水：用林逋《山园小梅》诗『疏影横斜水清浅，暗香浮动月黄昏』句意。

译文

一道低矮的白色粉墙，一树梅花非常耀人眼目，那种神情风韵依旧同往年一样。花面上的露水晶莹发光，仿佛是洗净脂粉的美人，天生的丽质靓妆。去年梅花开放的胜景，我也是一个人独自寂寞地观赏。也曾经在酒宴之上，喜滋滋地把玉盘中的青梅品尝，更令人叹息而又难忘，雪中那高高的梅花树上，宛如覆盖着洁白轻盈的素被，被里仿佛是遍体芬芳的美人，放出一缕缕隐幽淡雅的馨香。今年赏花最为匆忙，相逢宛如有无限的恼恨和忧伤。见面时，梅花已面容憔悴，我也无限恓惶，相互依依惜别，满腹愁肠。我对着梅花久久地怅望叹息，眼看着一片片花瓣飘坠在青苔上。很快就会看到弹丸似的青梅再来下酒，而我正在空阔的江面上迎风斗浪。只能在梦境中缅怀追想，一支潇洒的梅花，照临着清澈的水面，日色已经黄昏。

大酺①

对宿烟收，春禽静，飞雨时鸣高屋。墙头青玉旆②，洗铅霜都尽，嫩梢相触。润逼琴丝③，寒侵枕障，虫网吹粘帘竹。邮亭无人处④，听檐声不断，困眠初熟。奈愁极频惊，梦轻难记，自怜幽独。行人归意速，最先念、流潦妨车毂⑤。怎奈向兰成憔悴⑥，卫玠清羸⑦，等闲时、易伤心目。未怪平阳客⑧，双泪落、笛中哀曲。况萧索、青芜国⑨，红糁铺地⑩，门外荆桃如菽⑪。夜游共谁秉烛⑫？

注释

①大酺：唐教坊曲名，后用作词牌。双调一百三十三字。酺，聚会饮酒。②旆：古代旗帜末端如燕尾的垂饰，此处喻指竹枝竹叶。③润逼琴丝：空气湿润，琴弦松弛。王充《论衡》：『天且雨，琴弦缓。』④邮亭：古时沿途所设供传达文书及旅客住宿的馆舍。⑤流潦：雨后地面上的积水。⑥兰成：庾信小字兰成。仕梁时出访北朝西魏，被留不得南归。为官异域，心怀故乡，创作大量辞赋以遣悲怀。⑦卫玠：西晋卫玠，有『玉人』之称。为人清瘦多病，风神秀异。⑧平阳客：汉代马融，性好音乐，能鼓琴吹笛。卧居平阳（今属山西）时，闻客人吹笛甚悲，因作《长笛赋》。⑨青芜国：指杂草丛生之地。温庭筠《春江花月夜》：『花庭忽作青芜国。』⑩红糁：红色米粒。此处喻指零落之花瓣。⑪荆桃：樱桃的别名。⑫秉烛夜游：《古诗十九首·生年不满百》：

『昼短苦夜长，何不秉烛游？』

译文 夜色将近拂晓天，沉沉夜幕渐渐散去，如同云烟。天地间一片寂静，听不到鸟声喧喧，只有一阵阵的急雨，在屋顶上响成一片。新生的嫩竹探出墙头，青碧的颜色如玉制的流苏一般。皮上的粉霜已被冲洗净尽，柔嫩的竹梢在风雨中摇曳，相互碰撞摩擦纠缠。雨气潮湿，松了琴弦。寒气阵阵，侵入枕头帏幛之间。风吹着落满尘灰的蛛网，一丝丝粘上竹帘。在寂寥的旅馆，听着房檐的水滴声连绵不断，昏昏沉沉，迷迷糊糊：我独自困倦小眠。怎奈心中太苦闷焦烦，梦境也连连被雨声惊断，梦境又是那么恍惚轻浅，醒后难以记住星点点，幽独的我只有自伤自怜。

我这远方的游子归心似箭，最担心的是满路泥潦把车轮粘连，使我无法把故乡返还。怎奈我现在的情愫，就像当年滞留北朝的庾信，苦苦地思念着故园；就像瘦弱的卫玠，多愁多病而易伤心肝。困顿清闲，更容易忧愁伤感。难怪客居平阳的马融，听见笛声中的幽怨，就悲伤得泣涕涟涟。更何况在这长满青苔的客馆，萧条冷落，已被凋残的点点红花铺满。门外的樱桃已经结成豆粒大的果实，却没有人来与我共同秉烛赏玩。

解语花·上元①

周邦彦

风消绛蜡，露浥红莲②，花市光相射③。桂华流瓦④，纤云散，耿耿素娥欲下⑤。衣裳淡雅，看楚女纤腰一把⑥。箫鼓喧，人影参差⑦，满路飘香麝⑧。

因念都城放夜⑨，望千门如昼，嬉笑游冶⑩。钿车罗帕⑪，相逢处，自有暗尘随马。年光是也⑫，惟只见、旧情衰谢⑬。清漏移⑭，飞盖归来⑮，从舞休歌罢。

注释 ①这首词作于词人中年寓居荆州（今湖北省江陵县）时。词中写荆州正月十五夜灯市的情景，追忆早年在汴京逛灯市的情况，深感已经没有了当年的兴致，表现他远离京城、仕途不得意的抑郁心情。两番胜赏，极力铺垫；大力转折，余韵悠然。上元：节日名，在阴历正月十五，其夜为上元夜，又称『元宵』。②浥（yì）：润湿。红莲：指莲花灯。③花市：指灯市。以花喻灯。④桂华：月亮的光华。古代传说月亮上有大桂树。⑤耿耿：微明的样子。素娥：白衣美女。指月宫仙女。⑥楚女：楚宫美女，借指荆州逛灯市的女子。纤腰：细腰。据古籍记载，楚灵王喜欢细腰女子，所以当时楚国宫女乃至楚都女子都竞为细腰。⑦参差（cēn cī）：不齐，零乱。⑧香麝（shè）：即麝香。麝，又名『香獐』。雄麝脐与生殖器之间有香腺，其分泌物称『麝香』，可制香料。⑨都城：指北宋首都汴京。放夜：北宋都城平时实行宵禁，正月十四至十六三天，则允许百姓夜间通行，叫『放夜』。⑩嬉（xī）：玩耍。⑪钿（diàn）车：镶金饰玉的车子。罗帕（pà）：丝罗做的佩巾。⑫年光：岁时光景。指元宵节的情景。⑬旧情：指往日在京城逛元宵灯市的兴致。⑭清漏移：指漏壶中的清水水面下移，意谓过

了些时辰。漏，即刻漏，又叫铜壶滴漏，古时滴水计时的计时器。⑮盖：车盖。这里指车。

译文

微风中红烛渐渐消去，露水打湿了红莲花灯笼；花海般的灯市，灯光交相辉映。月亮的光波流泻在片片屋瓦上，淡淡的云丝消散了；月宫的仙女们，隐隐约约仿佛也想要下凡来观看灯市。灯市上的少女们，穿着色调淡雅的衣裳，身材苗条，好像楚宫的宫女，腰身纤细，仿佛一把就可以握住。街上管箫声锣鼓声喧响不断，到处人影零乱，满街飘着芳香。

我因而回忆起京都上元节解除宵禁的情景。遥望千家万户，门前都照得如同白昼一样，人们纵情玩耍，寻欢作乐。美人们乘着金玉装饰的车子，手中挥动着罗巾；她们所到之处，都有风流少年驰马追逐，后边扬起暗尘。年年元宵节的风光都是这样，只是眼前我已经失去了往日那种游乐的兴致。漏壶中的清水，水面下移，夜渐渐深了，我急速乘车归来，任凭灯市上的歌舞什么时候罢休。

蝶恋花①

月皎惊乌栖不定，更漏将阑②，辘轳牵金井③。唤起两眸清炯炯④，泪花落枕红绵冷⑤。

执手霜风吹鬓影，去意徊徨⑥，别语愁难听。楼上阑干横斗柄⑦，露寒人远鸡相应。

注释

①这首词写清晨离家远行，与妻子依依伤别之情。描写传神，用笔简重；景起景收，象外味永。②更漏：指夜间。更，旧时夜间计时单位，一夜分五更。漏，即刻漏，铜壶滴漏，古代滴水计时的计时器。阑：尽。③辘轳（lù lu）：象声词，井上辘轳转动的声音。牵：汲引。金井：井的美称。④眸（móu）：眼珠。炯炯（jiǒng jiǒng）：明亮的样子。⑤红绵：红色丝绵被褥。⑥徊徨：彷徨，犹疑不定。⑦阑干：横斜的样子。斗柄：北斗七星的排列，近似古代酌酒用的斗，柄部三星，称『斗柄』。这里指整个北斗星。

译文

月光皎洁明亮，惊动得乌鸦栖息不安，时已五更，夜漏即将滴尽，井上汲水的辘轳声响起来了。我就要离家远行，唤她起来，只见她两眼清澈明亮，好像夜间不曾入睡；她的泪水扑簌簌落在枕上，红绵被褥里阵阵发冷。

她送我到门外，我们手握手依依惜别，寒风吹乱了她的鬓发。临走时，我心中犹疑彷徨；她送别的话语中充满愁苦，使我听了十分难受、悲伤。我走了，回头遥望，北斗星横斜着挂在楼上；露气多么寒冷，她离我越来越远，只听得鸡叫声此起彼应。

解连环①

怨怀无托。嗟情人断绝，信音辽邈。纵妙手能解连环②，似风散雨收，雾轻云薄。燕子楼空③，暗尘锁、一床弦索④。想移根换叶⑤，尽是旧时，手种红药⑥。

汀洲渐生杜若⑦，料舟依岸曲，人在天角。漫记得、当日音书，把闲言闲语，待总烧却。水驿春回⑧，望寄我、江南梅萼⑨。拚今生、对花对酒⑩，为伊泪落⑪。

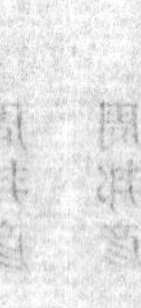

注释

①这首词写一男子失恋的痛苦、矛盾心情。情人已经把他抛弃，可他内心仍藕断丝连，思念不止，想要摆脱又摆脱不掉，终究还是在情网中挣扎。笔势曲折反复，刻画细腻传神。佳典妙喻，淋漓尽致。②连环：双环相连的玉饰。喻缠绵的相思之情。③燕子楼：借指情人原来的住处。参看苏轼《永遇乐》注。④锁：封闭。床：安置器物的架子。此指琴床。⑤移根换叶：换种花木，喻转移恋情。⑥红药：即红芍药。花大而艳丽，似牡丹。古时曾用作男女相赠之物。⑦汀（tīng）洲：水中或水边的平地。杜若：香草名。古人多采集它赠送给所爱的人。⑧水驿：水路驿站。驿，古代官设交通站。⑨梅萼：指梅花。这里暗用陆凯寄梅花给范晔的典故，表示希望对方回心转意。参看舒亶《虞美人》注。⑩拚（pàn）：舍弃，豁出去。⑪伊：你。指所思情人。

译文

我幽怨满怀，无处寄托。叹情人和我情义断绝，她如今在遥远的地方，音信不通。纵然是妙手能拆开这连环般的恋情，但它像风雨过后一样，天空仍会留下轻云薄雾。燕子楼空了，我的盼盼走了，满架的琴弦，无人再抚摸，被厚厚的灰尘覆盖着。我真想在心底里拔去那些红芍药，另种上别的花木，可是，那些红芍药都是我过去亲手种的呀。汀洲上渐渐地长满了香草杜若，我想采集一把赠给她，可是，她现在在哪里呢？料想她正漂泊在天涯海角，小船停在曲凹的岸边。我空自记得，当初我们谈情说爱的书信，如今看来那都是些毫无意义的闲言闲语，真想把它们统统烧掉。可是，我又怎么能下得了这样的狠心呢？我的心上人啊，当春回大地的时候，盼望你到水边驿站里，寄给我一枝江南的梅花，也不枉我们今生今世相交一场。我豁出这一辈子，永远把你刻在心上，每逢对花对酒，我都要为你流下深情的眼泪。

拜星月慢①

夜色催更，清尘收露，小曲幽坊月暗。竹槛灯窗，识秋娘庭院②。笑相遇，似觉琼枝玉树相倚③，暖日明霞光烂④。水盼兰情⑤，总平生稀见。

画图中、旧识春风面⑥，谁知道、自到瑶台畔⑦。眷恋雨润云温，苦惊风吹散。念荒寒、寄宿无人馆，重门闭、败壁秋虫叹。怎奈向、一缕相思，隔溪山不断。

注释

①拜星月慢：唐教坊曲名，后用作词牌。双调一百零四字。②秋娘：杜秋娘的省称，泛指美人。③琼枝玉树：比喻人物姿容秀美，有风神。④暖日明霞：形容美人光彩照人。曹植《洛神赋》：『皎若太阳升朝霞。』⑤水盼：比喻眼波清澈，流动如水。⑥春风面：指容貌美丽，杜甫《咏怀古迹》五首其三赞美王昭君：『画图省识春风面。』⑦瑶台：原指仙境，此指美人住处。

夜色催促，眼看就到三更天。清清的露水沾湿地面，没有一点灰土和尘烟。月色美好幽淡，小巷僻坊里朦胧幽暗。我认识那竹子的槛栏，小窗里灯光闪闪，我悄悄来到她的庭院。她因我们能够幽会而高兴，笑得是那样甜。她光彩照人，我与她依偎并肩，如同靠近了琼枝玉树，如太阳一般温暖，如朝霞一般光彩明艳。

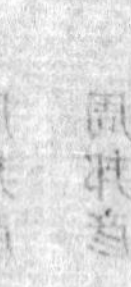
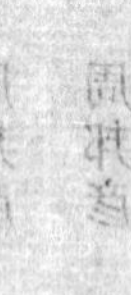
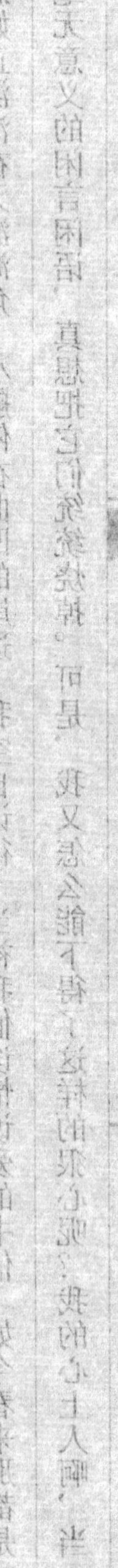

深情的眼睛明如秋波，温柔清雅的性情宛若幽兰。如此可爱的美人，平生真是少见。从前，在画像中见过她的面，对那绝世姿容早已倾心艳羡，没想到自己竟真能来到她的身边。我们互相爱恋，情意缱绻缠绵。苦恨被惊风吹散，我心里实在难堪。如今我独自寄寓在荒寒的客馆，冷冷清清，重门紧关。只有秋虫在破墙中声声哀叹。真是无可奈何，我的相思之情，虽然隔着万水千山，却丝丝缕缕永不绝断。

关河令①

秋阴时晴渐向暝，变一庭凄冷。伫听寒声②，云深无雁影。更深人去寂静，但照壁、孤灯相映。酒已都醒，如何消夜永？

注释 ①关河令：词牌名，又名清商怨、伤情怨。双调四十三字。②寒声：即秋声，指秋天的风声、落叶声、虫鸟哀鸣声等。

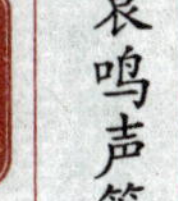

译文 气候多变的秋天时阴时晴，傍晚时渐渐昏暗幽暝，满庭院一片寂寥冷清。我呆呆地凝神伫听，静静地听着带有寒意的秋声。云色深暗，看不见大雁的身影，只能听到声声的哀鸣。夜半深更，人们都已散去，天地间万籁寂静。屋子里，只有照着空壁的一盏青灯。我的酒意已经清醒，伴着这忽明忽暗的萤豆孤灯，真不知该怎样度过这漫漫的长夜熬到天明？

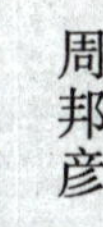

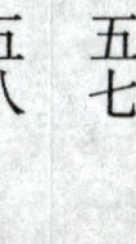

绮寮怨

上马人扶残醉，晓风吹未醒。映水曲、翠瓦朱檐，垂杨里、乍见津亭。当时曾题败壁，蛛丝罩、淡墨苔晕青。念去来、岁月如流，徘徊久、叹息愁思盈。去去倦寻路程，江陵旧事，何曾再问杨琼①。旧曲凄清，敛愁黛、与谁听。尊前故人如在，想念我、最关情。何须渭城②，歌声未尽处，先泪零。

注释 ①杨琼：唐朝歌伎，元稹有《和乐天示杨琼》诗，白居易亦有《问杨琼》和《寄李苏州，兼示杨琼》诗。此处代指歌伎。②何须渭城：典出王维《渭城曲》：『渭城朝雨浥轻尘，客舍青青柳色新。劝君更尽一杯酒，西出阳关无故人。』

译文 我带着残醉，靠人搀扶才得上马而去，就算晨风也无法吹醒。曲折的水面上映出绿瓦红檐，垂柳掩映中突然出现了渡口的驿亭。想起当年我曾在这残破的墙壁上题诗，如今已被蛛丝笼罩，墨迹也淡得与苔痕混为一体了。想起前尘往事，感慨岁月如梭，我不禁久久地徘徊叹息，愁绪满怀。宦途飘零，我也懒得去打听行程，江陵往事已成陈迹，又何曾再去探听过那人的消息呢？旧日曲调是如此凄清，她如今皱着愁眉，又和谁在一起倾听呢？当初共饮之人倘若还在的话，只要思念着我，那就最情深意厚了，又何必吟唱《渭城曲》，以至歌声未毕，先自热泪盈盈呢？

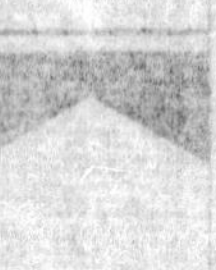

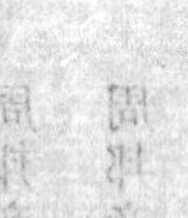
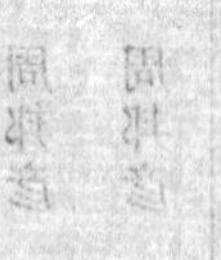

尉迟杯·离恨

隋堤路，渐日晚、密霭生深树。阴阴淡月笼沙，还宿河桥深处。无情画舸，都不管、烟波隔前浦①。等行人、醉拥重衾，载将离恨归去。因念旧客京华，长偎傍疏林，小槛欢聚②。冶叶倡条俱相识③，仍惯见、珠歌翠舞。如今向、渔村水驿，夜如岁、焚香独自语。有何人、念我无聊，梦魂凝想鸳侣。

①前浦：别本作『南浦』，似更佳。②长偎傍疏林，小槛欢聚：或断为『长偎傍、疏林小槛欢聚』。

③冶叶倡条：以柳叶、柳条做比喻，冶指冶游，倡指倡家。

隋堤路上，天色渐晚，浓浓暮霭笼罩着轻烟濛濛的杨柳。阴沉沉的月色笼罩着沙滩，我回去宿在河桥深处的船上。这彩绘的小舟真是无情啊，全不管浩渺烟波隔断了前面的浦口，一等远行之人酒醉后拥着厚厚的被子入眠，它便装载上离恨，归去了。我因而回想起客居京城的日子，经常和那些美人在稀疏的树林中依偎，在小小的栅栏旁欢聚。歌女们就好像这隋堤上的柳树啊，一枝一叶我全都熟悉，只因我看惯了她们头戴珠翠，歌唱舞蹈。如今我却只惯见打鱼人家和水边驿站，夜晚如同整年那么漫长，只好焚起香来自言自语。又有谁能够明白我如此无聊的心绪呢？我连做梦都还想着和佳人们成双成对，缔结鸳盟啊。

西河·金陵怀古①

佳丽地②，南朝盛事谁记③？山围故国绕清江④，髻鬟对起⑤。怒涛寂寞打孤城，风樯遥度天际。断崖树，犹倒倚，莫愁艇子谁系⑥？空余旧迹郁苍苍，雾沉半垒。夜深月过女墙来⑦，伤心东望淮水⑧。酒旗戏鼓甚处市？想依稀王谢邻里⑨，燕子不知何世，入寻常、巷陌人家，相对如说兴亡，斜阳里。

①西河：词牌名。又名西河慢、西湖等。三叠一百零五字。②佳丽地：指金陵（今江苏省南京市）。谢朓《入朝曲》『江南佳丽地，金陵帝王州。』③南朝：指偏安江左的三国东吴以及东晋、宋、齐、梁、陈六朝。④山围：出自刘禹锡《金陵五题·石头城》『山围故国周遭在，潮打空城寂寞回。淮水东边旧时月，夜深还过女墙来。』⑤髻鬟：女人发髻，此处喻山峦秀美。⑥莫愁：南朝一女子名。今南京市水西门外有莫愁湖。古乐府《莫愁乐》：『莫愁在何处？莫愁石城西。艇子打两桨，催送莫愁来。』诗中之石城，在今湖北省钟祥市，但本词用来代指金陵石头城。⑦女墙：城墙上的齿状小墙，俗称城墙垛。⑧淮水：指秦淮河，横贯南京城中入江。是南朝时京都仕女冶游玩乐之所。⑨王谢：东晋时王导、谢安两个家族住在乌衣巷，后世遂以王谢代指南朝豪族。刘禹锡《金陵五题·乌衣巷》：『朱雀桥边野草花，乌衣巷口夕阳斜。旧时王谢堂前燕，飞入寻常百姓家。』

周邦彦·尉迟杯

隋堤路，渐日晚，密霭生深树。阴阴淡月笼沙，还宿河桥深处。无情画舸，都不管，烟波隔前浦①。等行人，醉拥重衾，载将离恨归去。

因念旧客京华，长偎傍，疏林小槛欢聚②。冶叶倡条俱相识③，仍惯见，珠歌翠舞。如今向，渔村水驿，夜如岁，焚香独自语。有何人，念我无憀，梦魂凝想鸳侣。

注释 ①前浦：别本作「南浦」，似更佳。②长偎傍疏林，小槛欢聚：或断为「长偎傍、疏林小槛欢聚」。③冶叶倡条：以柳叶、柳条比喻，冶指冶游，倡指倡家。

评析 隋堤路上，天色渐晚，浓浓的雾霭笼罩着深深的树林。阴阴淡淡的月光笼罩着沙滩，我同大船在河舒适的船上。这条条的小舟真是无情啊，全不管那烟波隔断了前面的渡口。等一等远行之人酒醉后拥着厚厚的被子入眠，它便载着离恨归去了。

我因而回想起客居京城的日子，经常和那些美人在稀疏的树林中依偎，在小小的栅栏之内欢聚。歌女们就好像这隋堤上的柳树，一枝一叶我全都熟悉，只因我看惯了她们载歌载舞，歌唱舞蹈。如今我却只能见到渔人家和水边驿站，夜晚如同数年那么漫长，只好焚香来自言自语。又有谁能够明白我如此无聊的心绪呢？我只能在梦中还想着那些人们成双成对，鸳鸯相伴的画面。

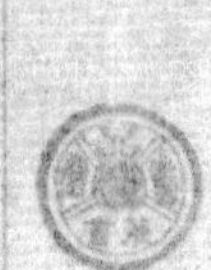

西河·金陵怀古①

佳丽地②，南朝盛事谁记③？山围故国绕清江④，髻鬟对起⑤。怒涛寂寞打孤城，风樯遥度天际⑥。

断崖树，犹倒倚⑦，莫愁艇子曾系⑧。空余旧迹郁苍苍，雾沉半垒⑨。夜深月过女墙来，伤心东望淮水⑩。

酒旗戏鼓甚处市？想依稀、王谢邻里⑪，燕子不知何世，入寻常、巷陌人家，相对如说兴亡，斜阳里⑫。

注释 ①西河：词牌名，又名《西河慢》、《西湖》，三叠一百五字。②佳丽地：指金陵（今江苏南京市）。谢朓《入朝曲》：「江南佳丽地，金陵帝王州。」③南朝：指偏安江左的东吴、东晋及宋、齐、梁、陈六朝。④山围：出自刘禹锡《金陵五题·石头城》「山围故国周遭在，潮打空城寂寞回。淮水东边旧时月，夜深还过女墙来」。⑤髻鬟：女人发髻，此处比喻山。⑥莫愁：古代一女子名，今南京水西门外有莫愁湖。古乐府《莫愁乐》：「莫愁在何处，莫愁石城西。艇子打两桨，催送莫愁来。」⑦女墙：城墙上的矮墙。⑧淮水：指秦淮河，横贯南京城中。⑨王谢：指东晋王导、谢安两大家族，六朝时期的豪门大族，均居于乌衣巷。⑩燕子：出自刘禹锡《金陵五题·乌衣巷》：「旧时王谢堂前燕，飞入寻常百姓家。」

译文 好一处佳丽胜地，可南朝时的繁荣景象如今还有谁曾经记忆？青山依旧环绕着故都，江畔有美人发髻般的双峰对峙而立。怒涛拍打着寂寞的孤城，高高的船帆正在驶向遥远的天际。枯木老枝，还倒挂在悬崖峭壁。昔年莫愁女的游艇，如今还有谁往这里拴系？空留下许多遗迹，苍苍郁郁，半壁荒凉的古营垒沉睡在浓浓迷雾里。夜深时月光越过女墙，望着滔滔东流的淮水，令人感伤不已。当年热闹繁盛的酒楼戏馆，如今又在哪里开市？想象那些寥落的里巷，曾经是东晋王谢贵族的故居。燕子也不知什么时代，飞进寻常百姓的家里。它们在斜阳里呢喃细语，仿佛在叙说历史的兴衰更替。

瑞鹤仙

悄郊原带郭①，行路永，客去车尘漠漠。斜阳映山落，敛余红，犹恋孤城栏角。凌波步弱②，过短亭、何用素约③。有流莺劝我，重解绣鞍，缓引春酌。不记归时早暮，上马谁扶，醒眠朱阁。惊飙动幕④，扶残醉，绕红药。叹西园，已是花深无地，东风何事又恶？任流光过却，犹喜洞天自乐⑤。

注释 ①郭：外城。孟浩然《过故人庄》有『绿树村边合，青山郭外斜』句。②凌波：原指仙人可在水面上行走，后用来比喻美人步履轻盈。如凌碧波而行。曹植《洛神赋》有『凌波微步，罗袜生尘』句。③素约：指原先的约定。④惊飙：惊人的暴风。陆敌《巫山高》有『悬崖激巨浪，脆叶陨惊飙』句。⑤洞天：道教所言的名山胜地，也指地上仙山。

译文 城郭和城郊全都静悄悄的，道路是如此漫长，行客已去，车后扬起了阵阵烟尘。斜阳映照着山岗，逐渐低落，红色的余晖逐渐收敛，仿佛还眷恋着孤城的城角。那人缓缓移动轻盈的步伐，不必事先约定，便在短亭旁与我相遇。于是有飞过的黄莺劝我，还是重新解下绣花的马鞍，慢慢地喝上一杯酒吧。已经记不清归来之时是早晨还是晚上了，不记得是谁扶我上马，醒来后，才发觉身在朱红的楼阁上醉眠。惊人的狂风吹起帘幕，我跌跌撞撞地带着残余醉意，围绕着红芍药而行。慨叹那西园中落花堆积了满地，为何春风要如此无情地摧残它们呢？且任凭时光流水般地飞纵吧，我庆幸自己身在这洞天福地内，得以自在悠闲。

浪淘沙慢①

晓阴重，霜凋岸草，雾隐城堞②。南陌脂车待发③，东门帐饮乍阕④。正拂面、垂杨堪揽结，掩红泪、玉手亲折⑤。念汉浦、离鸿去何许⑥？经时信音绝。情切。望中地远天阔。向露冷风清无人处，耿耿寒漏咽⑦。嗟万事难忘，唯是轻别。翠尊未竭⑧，凭断云、留取西楼残月。罗带光消纹衾叠⑨，连环解⑩，旧香顿歇。怨歌永、琼壶敲尽缺⑪。恨春去、不与人期⑫，弄夜色，空余满地梨花雪。

①这首词写一女子与心上人久别的痛苦怨恨心情。分别时折柳相赠，伤心泣血；分别后哀思凄绝，

长夜望月⑫，最后连环折开，怨歌长吟，恨春去花谢，极忧伤缠绵之致。文笔曲折，情景浑融；细节传神，饶有余味。

②堞：城上供守望用的矮墙，又叫「女墙」。③脂车：车轴上涂了油脂准备远行的车子。④乍阕：刚刚结束。⑤折：折柳赠别，古时风俗。「柳」与「留」谐音，故折柳赠别，含有挽留的意思。⑥汉浦：汉水之滨。指分别之处。⑦耿耿：形容心情不平静。寒漏：凄凉的滴漏声。漏，铜壶滴漏，古时计时器。咽（yè）：呜咽。⑧翠尊：翠玉酒杯。酒杯的美称。⑨纹衾（qīn）：有美丽图案的被子。⑩连环：两环相连的玉佩，象征爱情。⑪永：长。琼壶：玉壶。琼，美玉。《世说新语·豪爽》载：东晋王敦常于酒后吟曹操诗名句「老骥伏枥，志在千里，烈士暮年，壮心不已」，同时用如意敲打唾壶，壶口尽缺。⑫期：约。

译文 清晨天色阴沉沉的，严霜使河岸上的草木都凋谢了；大雾弥漫，遮蔽了城墙。南边的大道上，膏好油的车子准备出发；东门外帐中的饯别宴会刚刚结束。拂面的垂柳，正可以牵住；她揩去和着胭脂的泪水，用白玉般的双手亲自折下柳枝，赠给行将远去的情人。想当初汉水之滨这一别，孤雁似的恋人如今不知去了哪里；历时很久也没得到音信。她思念的心情，多么急切！登高远望，只觉大地无限辽远，天空无限空阔。晚上，独自在那露冷风清的无人的地方，心神不定，听着铜壶滴漏的声音，仿佛是悲凉的抽泣。感叹世上万事万物，最令人难忘的只是当初的轻率离别。她深夜未睡，面前翡翠杯里的清酒尚未饮尽；她想凭借天上的

云片，把楼西头的残月留住。她腰上的罗带已失去光泽，有着美丽图案的被子满是皱褶；恋人赠她的玉连环已经拆开，上边往日留下的香泽也很快消失。她久久地唱着怨歌，一边打着节拍，把玉壶上边敲得尽是缺口。她恼恨春天离去，事先不和人相约，却故意逗弄夜色，空自留下满地如雪的梨花，让人无限惆怅。

应天长·寒食

条风布暖①，霏雾弄晴，池台遍满春色②。正是夜堂无月，沉沉暗寒食。梁间燕，前社客③，似笑我、闭门愁寂。乱花过，隔院芸香④，满地狼藉。长记那回时，邂逅相逢，郊外驻油壁⑤。又见汉宫传烛，飞烟五侯宅⑥。青青草，迷路陌。强载酒⑦，细寻前迹。市桥远，柳下人家，犹自相识。

注释 ①条风：一说指东北风，又名融风，主立春四十五日，一说指东风，又名明庶风，主春分四十五日。总之都是春风，李世民《正日临朝》有「条风开献节，灰律动初阳」句。②池台：别本作「池塘」。③前社客：指燕子，因燕子春社时来，秋社时去，故有「社燕」之称，此为春季，故说「前社客」。④隔院：别本作「隔苑」。芸香：香草名，为多年生草本植物，花叶香气浓郁，可入药，有驱虫、祛风、通经的作用。⑤油壁：即油壁车，因车壁用油涂饰故名，这里是代指车。李商隐《木兰》有「紫丝何日障，油壁几时车」句。⑥五侯：指同时封侯的五人，汉时最多，比如汉成帝时候的王谭、王商、王立、王根、王逢时，汉桓帝时候的梁胤、梁让、梁淑、

来夜望月。最后连环亦开，怨歌永夕，叹春去花谢，[illegible]，文意曲折，情景浑融，造语存神，饶有余味。

②堞：城上供守望用的矮墙，又叫「女墙」。③脂车：车轴上涂了油，准备远行的车子。④乍阕：刚刚结束。

⑤折：折柳赠别，古时风俗。「柳」与「留」谐音，故折柳赠别，含有挽留的意思。⑥汉浦：汉水之滨。指

分别之处。⑦耿耿：形容心情不平静。寒漏：寒夜的滴漏声。漏，铜壶滴漏，古时计时器。咽（yè）：呜咽。

⑧翠尊：翠玉酒杯，酒杯的美称。⑨纹衾（qīn）：有美丽图案的被子。⑩连环：两环相连的玉佩，象征爱情。

⑪永：长。琼壶：玉壶。琼，美玉。《世说新语·豪爽》载：东晋王敦常于酒后吟曹操乐府名句「老骥伏枥，志在千里。烈士暮年，壮心不已」，同时用如意敲打唾壶，壶口尽缺。⑫弄：玩。

译文

清晨天色阴沉沉的，严霜使河岸上的草木都凋谢了；大雾弥漫，遮蔽了城墙。南边的大道上，青油的车子准备出发，东门外帐中的饯别宴会刚刚结束。拂面的垂柳，正可以牵住。她揩去和着胭脂的泪水，用白玉般的双手亲自折下柳枝，赠给行将远去的情人。想当初汉水之滨这一别，孤雁似的恋人如今不知去了哪里；历时很久也没得到音信。她思念的心情，多么迫切！登高远望，只觉大地无边辽远，天空无限空阔。晚上，独自在那露冷风清的无人的地方，心神不定，所听到铜壶滴漏的声音，仿佛是凄凉的抽泣。感叹世上万事万物，最令人难忘的只是当初的轻率离别。她深夜未眠，面前翡翠杯里的清酒尚未饮尽；她想凭借天上的

片云，把西楼头的残月留住。她腰上的罗带已失去光泽，有着美丽图案的被子满是皱褶；恋人赠她的玉连环已经打开，上边往日留下的香气也很快消失。她久久地唱着怨歌，一边打着节拍，把玉壶边敲得尽是缺口。她恨春天离去，事先不和人相约，却故意逗弄夜色，空自留下满地如雪的梨花，让人无限惆怅。

应天长·寒食

条风布暖①，霏雾弄晴，池台②遍满春色。正是夜堂无月，沉沉暗寒食。梁间燕，前社客③。似笑我、闭门愁寂。乱花过，隔院④芸香，满地狼藉。长记那回时，邂逅相逢，郊外驻油壁⑤。又见汉宫传烛，飞烟五侯宅⑥。青青草，迷路陌。强载酒，细寻前迹⑦。市桥远，柳下人家，犹自相识。

注释

①条风：一说指东北风，又名融风，主立春四十五日；一说指东风，又名明庶风，主春分四十五日之风，是春风。李世民《正日临朝》有「条风开献节，灰律动初阳」句。②池台：别本作「池塘」。③前社客：指燕子。因燕子春社时来，秋社时去，故谓之社客。此为春季，故谓前社客。④隔院：别本作「隔岸」。芸香：香草名。为多年生草本植物，古人多用以藏书，可入药，有驱虫作用。⑤油壁：即油壁车，因车壁用油涂饰而得名。这里是代指车。李商隐《木兰》有「紫丝何日障，油壁几时车」句。⑥五侯：指同时封侯的五人。汉时多有，比如汉成帝时候的王谭、王商、王立、王根、王逢时，又汉桓帝时候的梁冀[illegible]

梁忠、梁戟，梁氏灭亡后的宦官单超、徐璜、左悺、具瑗、唐衡。后即用『五侯』来指代豪门权贵，韩翃《寒食》有『日暮汉宫传蜡烛，轻烟散入五侯家』句。⑦载酒：别本作『带酒』。

译文 东风带来了暖意，云雾戏耍着晴天，池沼亭台都布满春色。隔院种植着芸香，乱花飞过，满地狼藉。正值夜晚，堂前无月，黑暗笼罩着不举火的寒食节。梁上燕子是春社前的来客，它们仿佛在嘲笑我，竟然关闭屋门，独自惆怅。 我始终记得那回郊外，你停下了油壁车，与我邂逅相逢。如今又到『日暮汉宫传蜡烛，轻烟散入五侯家』的时候了，时正当晚，青青芳草，遮蔽了那条道路，我勉强带着酒，前去细细地寻觅往日痕迹。市桥已远，那柳树下的人家，我倒依然认得。

夜游宫①

叶下斜阳照水，卷轻浪，沉沉千里。桥上酸风射眸子②。立多时，看黄昏，灯火市。 古屋寒窗底，听几片、井桐飞坠③。不恋单衾再三起④。有谁知？为萧娘、书一纸⑤。

注释 ①这首词写对心上人的思念。黄昏桥上独立，久久怅望，夜晚三眠三起，草拟书信，可谓情深意长。写景极佳，妙传心声。结处点睛，语淡味永。②酸风：寒风射目，使目感到发酸，因称『酸风』。眸（móu）子：眼珠。③井桐：天井院里的梧桐。④单衾（qīn）：薄被。⑤萧娘：诗词中对所恋女子的泛称。

译文 夕阳从树叶下照向水面，水面上卷着细浪，沉寂缓慢地向千里之外流去。我站在桥上久久地向远处遥望，寒风吹得眼珠发酸；时已黄昏，我呆呆望着灯火闪烁的街市。 夜深了，我躺在古屋的寒窗之下，听着窗外天井院里的梧桐，几片叶子落向地面。我不恋那单薄的被褥，再三从床上爬起。有谁知道我的心事呢？只为给心上的萧娘写一封信。

鲁逸仲

鲁逸仲（生卒年不详），即孔夷，字方平。汝州龙兴（今河南省宝丰县）人。哲宗元祐年间（1086—1093），隐居龙兴县滍阳，自号滍皋渔父。

南浦①

风悲画角，听单于、三弄落谯门②。投宿骎骎征骑③，飞雪满孤村。酒市渐阑灯火④，正敲窗、乱叶舞纷纷。送数声惊雁，乍离烟水，嘹唳度寒云⑤。 好在半胧淡月⑥，到如今、无处不销魂。故国梅花归梦⑦，愁损绿罗裙⑧。为问暗香闲艳⑨，也相思、万点付啼痕⑩。算翠屏应是⑪，两眉余恨倚黄昏。

注释 ①这首词写旅途雪夜对家乡妻子的深情思念。风雪之夜，词人投宿孤村，落叶敲窗，惊雁悲鸣；见朦胧淡月，思念家乡，更是心碎，揣想爱妻一定也在痛苦地思念自己。上片写景，兴象宛然，极铺衬之功；下片抒情，梅人映带，有深婉之致。②单（chán）于：指乐曲《小单于》。三弄：吹奏三遍。弄，吹奏。谯（qiáo）门：上面建有望楼的城门。③骎骎（qīn qīn）：马急速奔驰的样子。征骑：骑马远行的人。④阑：尽。⑤嘹唳（lì）：高亢凄厉的鸟鸣声。⑥好在：古人问候语，意谓好吗，无恙。胧：微明的样子。⑦故国：故园，家乡。归梦：梦中归去。⑧损：坏，煞，极甚之词。绿罗裙：指穿绿罗裙的妻子。⑨闲艳：淡艳，清丽。⑩万点：指梅花的颗颗蓓蕾。付：付出，引申为流出。⑪算：推测，料想。翠屏：绘有翠鸟图案的屏风。

译文 寒风吹来画角的悲泣，《小单于》已吹奏了三遍，那声音从谯门落向大地。我为了赶快投宿，骑着马儿急速奔驰；飞雪已经落满了孤村，酒市的灯火也渐渐消失，落叶纷纷乱飞，正敲打着窗子。忽然传来几声大雁的惊叫，一霎时雁群飞离烟雾笼罩的水边；那高亢凄厉的声音，穿过寒冷的云层，越来越远。半轮微明的淡月，出现在天空，依然无恙，如今无论在哪儿见到它，都伤心断肠。梦中我回到故乡，梦见梅花，梦见我那愁坏了的穿着绿罗裙的姑娘。我讯问暗香浮动、清丽淡雅的梅花，她也把我思量，颗颗蓓蕾，像是点点泪珠，化为泪痕行行。料想我的心上人，在那黄昏时光，必是两眉间留着怨恨，倚着翠屏向窗外眺望。

李廌

李廌（1059—1109），字方叔，号济南先生，祖籍华州（今属陕西华县）。少有文名，深得苏轼赏识，赞其『笔墨澜翻，有飞沙走石之势』。后经荐举，未果，退隐不仕。工诗词，词风疏淡。著有《济南集》。

虞美人

玉阑干外清江浦，渺渺天涯雨。好风如扇雨如帘，时见岸花汀草涨痕添。青林枕上关山路，卧想乘鸾处①。碧芜千里思悠悠，唯有霎时凉梦到南州②。

注释 ①鸾：凤鸟。②南州：指南方地区。

译文 独倚栏杆向远处望去，清江浦在哪里呢？大雨迷蒙，连天涯都一片苍茫。好风像扇子，好雨似挂着的珠帘。只见岸上红花开放，汀洲覆满绿草，浸水的印痕在不断上涨。想象自己的梦魂进入了关山之路，那游冶的旧处在哪里呢？如今只剩梦影依稀，不堪回首。碧绿的平野延伸至天际，引起离人无尽的归思。只有在偶然的美梦中，才能回到长期思念的南方。

谢逸

谢逸（？—1113），字无逸，号溪堂，祖籍抚州临川（今江西抚州）。终身未仕，隐居田园，以诗文自娱。因咏蝶诗闻名，人称『谢蝴蝶』。谢逸属江西诗派，其词浓艳柔婉，飘逸洒脱。有《溪堂集》十卷。

江城子·题黄州杏花村馆驿壁

杏花村馆酒旗风。水溶溶，飏残红①。野渡舟横，杨柳绿阴浓。望断江南山色远，人不见，草连空。

夕阳楼外晚烟笼。粉香融，淡眉峰。记得年时，相见画屏中。只有关山今夜月，千里外，素光同②。

①飏：随风飘荡的样子。②素光：指明亮的月光。

杏花村酒馆前的酒旗微微飘扬。村边小溪流水潺潺，无数落花漫天飞舞。野外渡口，小船横斜，两岸杨柳，绿叶成阴。望不尽连绵无际的江南山色，看不见心中所思之人，只有无边的碧草融入长空。斜阳西挂，小楼被暮色笼罩。楼上佳人香粉融融，淡扫的蛾眉好似秋日的山峰。去年今日，我与她在绘满彩图的画屏边幽会。而如今只有高悬关山的明月维系我们的情思，千里之外的月光与此处相同。

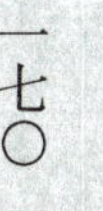

张元干

张元干（1091—约1170），字仲宗。福州（今属福建）人。自号芦川居士、真隐山人。靖康元年（1126），曾任李纲行营属官，官至将作少监。绍兴元年（1131）因不满秦桧专权误国，弃官归隐。后因作词对李纲、胡铨表示同情，曾入狱，被削除官籍。早年词风婉媚，南渡后，多写时事，感怀国事，词风豪放，为辛派词人之先驱。有《芦川词》《芦川归来集》。

石州慢

寒水依痕①，春意渐回，沙际烟阔②。溪梅晴照生香，冷蕊数枝争发。天涯旧恨，试看几许消魂，长亭门外山重叠。不尽眼中青，是愁来时节。

情切，画楼深闭，想见东风，暗销肌雪。辜负枕前云雨，尊前花月。心期切处，更有多少凄凉，殷勤留与归时说。到得却相逢，恰经年离别。

①寒水依痕：语出杜甫《东深》，有『早霜随类影，寒水各依痕』句。②春意渐回，沙际烟阔：语出杜甫《阆水歌》，有『正怜日破浪花出，更复春从沙际回』句。

寒冷的流水依傍着岸边痕迹，可见早春之意已从烟雾辽阔的沙滩上逐渐回归了。溪边梅花在晴日的阳光照射下，散发出阵阵清香，寒冷中有数枝花苞争相开放。天涯阻隔的旧恨啊，试看是多么令人销魂，

就如同这长亭门外无数重的山峦一般。望不尽满眼的青翠，正是愁绪涌上心头的季节。情思是如此迫切，想她定然紧闭着画楼，期盼着东风归来，雪样肌肤也暗中消瘦。离别辜负了这鸳枕上的缱绻柔情，酒杯前的繁花明月啊。在内心迫切的期盼下，产生过多少凄凉，只希望留到归去后再细细诉说。等到能够再次相逢，我们正好分别了整整一年。

兰陵王

卷珠箔，朝雨轻阴乍阁①。阑干外、烟柳弄晴，芳草侵阶映红药②。东风妒花恶，吹落梢头嫩萼。屏山掩、沉水倦熏③，中酒心情怯杯勺。寻思旧京洛，正年少疏狂，歌笑迷著。障泥油壁催梳掠④，曾驰道同载⑤，上林携手⑥，灯夜初过早共约⑦，又争信飘泊。寂寞，念行乐。甚粉淡衣襟，音断弦索，琼枝璧月春如昨⑧。怅别后华表⑨，那回双鹤。相思除是，向醉里、暂忘却。

注释 ①阁：通『搁』，停止。②红药：指红芍药花。③沉水：著名熏香料。又名沉香、奇南香、伽南香。④障泥：马鞍下的布垫，用以挡泥土。油壁：油涂的彩色车厢，一般为女子所乘。⑤驰道：秦代专供帝王行驶马车的大路，此处泛指大街。⑥上林：上林苑，秦汉时著名皇家园林，此处泛指京都中的园林。⑦灯夜：指元宵节。⑧琼枝璧月：形容女子容貌美丽，体态苗条。语出陈后主《玉树后庭花》：『璧月夜夜满，琼枝朝朝新。』⑨华表：用《搜神后记》中丁令威的典故。

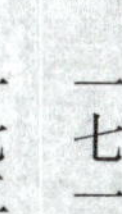

译文 卷起珠帘，朝雨轻阴初停。栏杆外，薄雾蒸腾，柳条随风轻拂，仿佛在欢喜新晴。芳草的碧色映绿台阶，新开的芍药花显得分外鲜红。可恶的东风嫉妒花朵，将梢头上嫩萼吹落空中。我把屏风紧紧掩上，沉水香也懒得再熏。因喝酒则醉，所以有心情也怕看见酒盅。回想从前在洛阳汴京，风华正茂满腔豪情。纵情欢乐狂放尽兴，也曾迷恋于歌舞明星。常常准备好华丽的车马，催促美人快些打扮起程。曾经同乘一辆车奔驰在宽广的大街上，也曾携手在上林苑里并肩而行。刚刚尽兴游玩过热闹的元宵佳节，又早早约定何日再度约会重逢。又怎能相信会有今日，到处漂泊宛如飞蓬？寂寞啊实在寂寞，更加思念当日共同行乐的情人。恐怕她衣上的香粉已经消淡，琴弦上也落满了灰尘。自从和她分别之后，至今没有音信，也不知她的月貌花容，是否还和以前一样出众超群。怅恨分别之后，一切都在变化，万事如过眼烟云，不知何时能化作仙鹤，飞回到日思夜想的故园。我的相思之情怎么也无法忘却，只能在酒醉的时候，才能暂时忘却秒秒分分。

汪藻

汪藻（1079—1154），字彦章，祖籍饶州德兴（今属江西）。进士出身，先后担任过中书舍人、翰林学

士等职，后知徽州、宣州。学识渊博，文风精丽，著有《浮溪集》。

点绛唇

新月娟娟，夜寒江静山衔斗①。起来搔首，梅影横窗瘦。　好个霜天，闲却传杯手②。君知否？乱鸦啼后，归兴浓于酒。

注释

①斗：指北斗星。②闲却：闲置。

译文

一弯明媚新月挂天空，夜寒江静，远山衔北斗星。不能入睡，起身直搔头，看窗间梅影横斜枝枝瘦。

好一个霜天凉飕飕，我却罢酒闲置了传杯的手。你知道吗？当归巢的乌鸦喳喳乱啼后，我思归的兴致更浓于酒。

王安中

王安中（1075—1134），字履道，号初寮。祖籍曲阳（今属山西）。进士出身，先后担任过调瀛洲司理参军、大名县主簿、翰林学士、燕山知府等职。其词高雅脱俗、清丽隽永，著有《初寮词》，大多已佚。

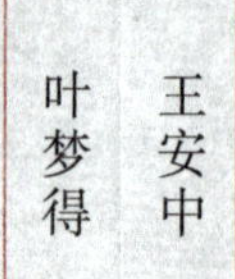

蝶恋花

千古铜台今莫问，流水浮云，歌舞西陵近。烟柳有情开不尽，东风约定年年信。　天与麟符行乐分。缓带轻裘，雅宴催云鬓。翠雾萦纡销篆印①，筝声恰度秋鸿阵。

注释

①萦纡：盘旋，萦绕。篆印：指飘升的香烟像篆书一样蜿蜒曲折。

译文

铜雀台已有几百年的历史，可是现在，不要向它问什么问题。流水已逝，浮云已去。铜雀台上的歌舞已经停歇，西陵再也无法听见、看见。如烟的行柳依然一往情深，逢春便绿意盎然；东风信守誓约，准时送暖，年年传递春的讯息。

接受麟符符信，是上天的旨意；荣任到此，就应该享受生活的乐趣。官员们衣带宽松，身着舒适华丽的轻暖裘服。在这高雅的宴会上，云鬓高髻的美女舞出美妙的舞姿。翠袖飘飘，把香烟的篆痕都冲散了，雁阵在筝乐声中向南飞去。

叶梦得

叶梦得（1077—1148），字少蕴，号石林居士。苏州吴县（在今江苏省）人。哲宗绍圣四年（1097）进士。历任翰林学士、户部尚书等职。南宋初年，积极参与抗金战争，在筹划防务和支援前线方面，颇有贡献。

他兼工诗、词、散文。有词集《石林词》。

贺新郎

睡起流莺语，掩苍苔、房栊向晚，乱红无数。吹尽残花无人见，惟有垂杨自舞。渐暖霭、初回轻暑。宝扇重寻明月影，暗尘侵、上有乘鸾女①。惊旧恨，遽如许②。 江南梦断横江渚，浪粘天、葡萄涨绿，半空烟雨。无限楼前沧波意，谁采蘋花寄取？但怅望、兰舟容与③。万里云帆何时到？送孤鸿、目断千山阻。谁为我，唱《金缕》④？

注释 ①乘鸾女：指团扇上画的秦穆公女乘鸾仙去的故事。②遽：骤然。③兰舟：用木兰树做的船。容与：这里是犹豫不进的样子。④金缕：即杜秋娘的《金缕曲》。

译文 睡醒听到黄莺细语流啭珠圆，落花掩盖青苔窗暗已是傍晚，地上无数凋零花瓣一片凌乱。风儿吹尽残花却不见人回返，唯有垂杨孤自仍旧飘舞翩然。雾霭转暖初夏轻暑回归天地。重寻明月般团扇扇影儿圆圆，覆盖尘埃秦宫弄玉依稀可见。它惊醒我的恨怨急切而突然。 梦到江南却隔断在横江沙洲，浪连着天宇江涛葡萄般碧绿，从半空洒下了烟雾般的细雨。楼前倚望烟波引起无限相思，采朵白蘋花有谁能托他寄去？只能怅然空望兰舟徘徊迁徙。漂泊万里的云帆何时再归来？目送归雁视线被群山所遮蔽。此刻谁能歌唱那一曲金缕衣？

虞美人

雨后同干誉、才卿置酒来禽花下作①。

落花已作风前舞，又送黄昏雨。晓来庭院半残红，惟有游丝，千丈袅晴空。 殷勤花下同携手，更尽杯中酒。美人不用敛蛾眉，我亦多情，无奈酒阑时②。

注释 ①干誉、才卿：皆叶梦得友人，生平事迹不详。来禽：林檎之别名，南方称花红，北方称沙果。②酒阑：酒已喝干。

译文 落花已在风前飞舞，再一次送走黄昏时的风雨。清晨以来，庭院里半是残落的红花，只有悠悠荡荡的游丝，在晴空中荡来荡去。 我们曾在花前携手同游，尽情地饮干杯中的酒。美人不要因伤春惜别而敛眉愁苦，我同样多情，在这酒尽之时满怀都是愁绪。

刘一止

刘一止（1078—1161），字行简。湖州归安（今浙江省湖州市）人。宣和三年（1121）进士。历任监察御史、能兼工诗、词、散文。有词集《石林词》。

贺新郎

睡起流莺语。掩苍苔、房栊向晚，乱红无数。吹尽残花无人见，惟有垂杨自舞。渐暖霭、初回轻暑。宝扇重寻明月影，暗尘侵、上有乘鸾女①。惊旧恨，遽如许②。　江南梦断横江渚，浪粘天、葡萄涨绿，半空烟雨。无限楼前沧波意，谁采蘋花寄取？但怅望、兰舟容与③。万里云帆何时到？送孤鸿、目断千山阻。谁为我，唱《金缕》④？

注释　①乘鸾女：指团扇上画的秦穆公女乘鸾仙去的故事。②遽：骤然。③兰舟：用木兰树做的船。容与：这里是说徘徊不进的样子。④金缕：即杜秋娘的《金缕曲》。

译文　睡醒时听到黄莺婉转啼鸣，落花掩盖着青苔，窗前已是傍晚，地上无数落红一片零乱。风儿吹尽残花但不见人回还，唯有垂杨依旧自由自在随风舞动。暮霭渐渐散开，初夏轻暑又回归天地。重寻明月般团扇影儿圆圆，覆盖尘埃，秦宫弄玉依稀可见。它惊醒我的旧恨忽然而来。　梦断江南横江的沙洲，浪连着天宇江水葡萄般碧绿，从半空洒下了丝丝细雨。楼前沧波有无限情意，采来白蘋花有谁能托他寄去？只能依然空望兰舟徘徊江边。离开万里的云帆何时再归来？目送归雁一直到群山阻隔遥远。此时谁能为我唱那一曲《金缕衣》？

虞美人

雨后同干誉、才卿置酒来禽花下作①。

落花已作风前舞，又送黄昏雨。晓来庭院半残红，惟有游丝千丈袅晴空。　殷勤花下同携手，更尽杯中酒。美人不用敛蛾眉，我亦多情无奈酒阑时②。

注释　①干誉、才卿：皆叶梦得友人，生平事迹不详。来禽：林檎之别名，南方称花红，北方称沙果。②酒阑：酒已喝干。

译文　落花已在风前飞舞，再一次送走黄昏时的风雨。清晨以来，庭院里半是残落的红花，只有悠悠荡荡的游丝，在晴空中荡来荡去。　我们曾在花前携手同游，尽情地饮干杯中的酒。美人不要因伤春惜别而紧敛眉头苦，我同样多情，在这酒尽人散时满怀都是无奈。

刘一止

刘一止（1078—1161），字行简，湖州归安（今浙江省湖州市）人。宣和三年（1121）进士。历任秘书省校书郎、

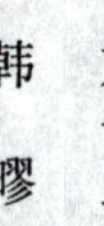

中书舍人等职，刚直敢言，为奸相秦桧所忌，罢官闲居。博学善文，诗词兼工。其《晓行》词流传一时，号『刘晓行』。有词集《苕溪乐章》。

喜迁莺·晓行

晓光催角，听宿鸟未惊，邻鸡先觉。迤逦烟村，马嘶人起，残月尚穿林薄①。泪痕带霜微凝，酒力冲寒犹弱。叹倦客，悄不禁重染②，风尘京洛③。　追念，人别后，心事万重，难觅孤鸿托。翠幌娇深，曲屏香暖，争念岁华飘泊④？怨月恨花烦恼，不是不曾经著。者情味⑤，望一成消减，新来还恶。

注释

①林薄：指草木丛生处。王逸注《楚辞》云：『丛木曰林，草木交错曰薄。』②悄：这里是忧愁之意。③风尘京洛：语出陆机《为顾彦先赠妇诗》中『京洛多风尘，素衣化为缁』句，形容官场上的污秽。④岁华：别本作『岁寒』。⑤者：宋元口语，指此、这。

译文

曙光催响了号角，听啊，巢中鸟儿尚未被这声响惊起，邻家的公鸡倒先察觉了。村中冒起络绎的炊烟，坐骑嘶鸣，人已起身，这时候透过丛生的草木，还能看到残月当空。泪痕带着寒霜，略微凝结，借着酒力抵御寒气，却仍嫌不足呀。可叹我这天涯倦客啊，忧愁着再也沾染不起那些官场污秽了。　回想与她分别以后，有万重心事，却找不到可以寄托书信的孤雁。以前在华丽深幽的翠帘幕中，在温暖芬芳的曲屏风内，谁会想到时光竟在漂泊中蹉跎呢？那些怨恨明月和鲜花的烦恼，并不是没有经受过啊，但这种滋味，只希望能够一点点消减下去，谁料想最近又变得更糟糕了呢？

韩疁

韩疁，生卒年不详。字子耕，号萧闲。有《萧闲词》一卷，不传。

高阳台·除夜

频听银签①，重燃绛蜡，年华衮衮惊心②。饯旧迎新，能消几刻光阴？老来可惯通宵饮，待不眠、还怕寒侵。掩清尊，多谢梅花，伴我微吟。　邻娃已试春妆了③，更蜂腰簇翠，燕股横金。勾引东风，也知芳思难禁。朱颜那有年年好，逞艳游、赢取如今。恣登临，残雪楼台，迟日园林④。

注释

①银签：更漏的部件，代指更漏。②衮衮：连绵不断，相继不绝。③邻娃：旧称美女为娃，陆龟蒙《陌上桑》有『邻娃尽著绣裆襦，独自提筐采蚕叶』句。④迟日：语出《诗·豳风·七月》『春日迟迟』句，后即以『迟日』指春日。皇甫冉《送钱唐骆少府赴制举》有『迟日未能销野雪，晴花偏自犯江寒』句。

译文　反复倾听更漏之声，重新燃起红色蜡烛，想到年华如同逝水，不禁令人心惊胆战。又是辞旧迎新的时候，还有多少光阴可供消磨呢？人既年老，又怎能再习惯通宵畅饮呢？就算不愿睡眠，还怕寒气侵骨啊。于是我盏起酒杯，多谢梅花，能陪伴自己低声吟咏。

邻家女子已经在尝试春天装扮了，把彩绢剪成蜜蜂、燕子的形状，系在翠钗金簪上。用这种装扮勾引东风，同时也使她们思春的情绪难以自禁。可是娇媚容颜哪有年年保持美好的道理呢？还是浓妆艳抹地出去游玩，赢得眼前的快乐为好吧。我且任意登高临远吧，去看那亭台楼阁都积满了残雪的春日园林啊。

李邴

李邴（1085—1146），字汉老，号云龛居士。济州任城（今山东济宁）人，崇宁五年（1106）进士。官至参知政事。

汉宫春

潇洒江梅，向竹梢疏处，横两三枝。东君也不爱惜，雪压霜欺。无情燕子，怕春寒、轻失花期。却是有、年年塞雁①，归来曾见开时。

清浅小溪如练，问玉堂何似②，茅舍疏篱？伤心故人去后，冷落新诗。

微云淡月，对江天、分付他谁。空自忆、清香未减，风流不在人知。

注释　①塞雁：塞外的雁。雁是候鸟，秋季到南方过冬，春季又飞回北方，决不失期。②玉堂：豪贵的宅第。

译文　俊逸梅树向着稀疏竹梢，横斜出两三枝娇艳梅花。春神也不懂将它来爱惜，听凭冰雪寒霜将它欺压。那无情的燕子还没飞回，害怕早春寒气误了花期。却只有年年往返的塞雁，归来曾见到梅花的艳逸。

清浅的小溪像一条白练，问那豪门的宅第哪里像，这稀疏篱笆的茅舍草堂？故人离去以后令我心伤，咏梅的新诗被冷落一旁。稀薄的云影淡淡的月光，面对江天托谁来赋诗章。独自记忆江梅依旧清香，风流雅洁不向世人张扬。

秦湛

秦湛，生卒年不详，字处度，祖籍高邮（今属江苏），秦观的儿子。曾担任常州通判等职。

卜算子·春情

春透水波明，寒峭花枝瘦。极目天涯百尺楼，人在楼中否？四和袅金凫①，双陆思纤手②。

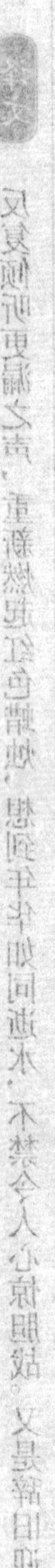

拟倩东风浣此情③，情更浓于酒。

①四和：即四合香。金凫：铜香炉，铸成鸭形。②双陆：一种棋，游戏之用。③倩：请。

春水荡漾，波光潋滟。因为春寒料峭，致使花枝萧疏。登上高楼，极目天涯，佳人是否无恙？是否还在玉楼？金鸭铜炉里燃着四和香，纤纤玉手玩弄着双陆。欲把此情交与东风洗，哪知洗过后情意更浓，浓过醇酒。

陈与义

陈与义（1090—1139），字去非，自号简斋，洛阳（今属河南）人。政和三年（1113）登上舍甲科。绍兴中，官至参知政事。南渡后，诗词均有感喟国事之作。有《简斋集》《无住词》。

临江仙

高咏楚词酬午日①，天涯节序匆匆②。榴花不似舞裙红，无人知此意，歌罢满帘风。 万事一身伤老矣，戎葵凝笑墙东③。酒杯深浅去年同，试浇桥下水，今夕到湘中④。

①楚词：即楚辞。午日：即端午节。②节序：即节令、节气。江淹《谢仆射游览》有"凄凄节序高，寥寥心悟永"句。③戎葵：即蜀葵。④湘中：别本作"湘东"。

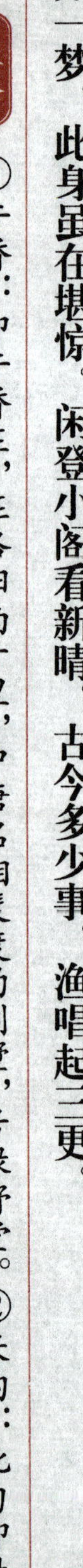
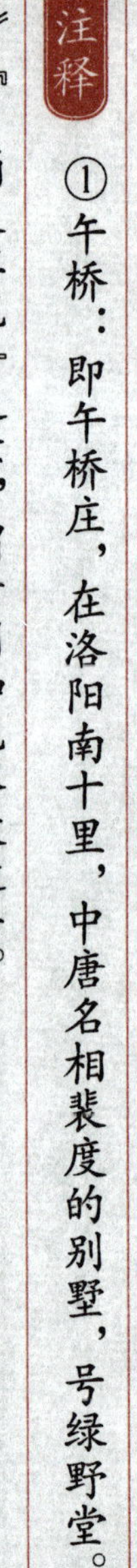

我高声吟咏着楚辞来纪念端午节，南渡以来，节令总是匆匆而过。石榴花居然还没有舞女的裙子来得鲜红，没有人了解我的心情啊，高歌过后，风满帘幕。 万事集于一身，但可悲的是此身已老，只有蜀葵花还在墙外向东而笑。饮酒之量仍与去年相同，试着用酒浇桥下的水吧，料想今晚就能流到湘地去啊。

临江仙

夜登小阁，忆洛中旧游。

忆昔午桥桥上饮①，坐中多是豪英。长沟流月去无声②，杏花疏影里，吹笛到天明。 二十余年如一梦，此身虽在堪惊。闲登小阁看新晴，古今多少事，渔唱起三更。

①午桥：即午桥庄，在洛阳南十里，中唐名相裴度的别墅，号绿野堂。②长沟：此句即杜甫《旅夜书怀》"月涌大江流"之意，谓时间如流水般逝去。

译文
回忆往昔，曾在午桥桥上豪饮，坐中多是杰出的英雄。月光随着长沟的水波静静奔涌。在杏花的疏影里，我们吹笛狂欢，直到天明。 二十多年如同梦境，此身虽还活在世上，但一想到当年的大乱便胆战心惊。如今我闲着无事登上小楼，瞭望雨后新晴的美景，感叹古今多少兴亡旧事，只能交付给那些渔翁，任凭他们在三更里歌唱吟咏。